AF194297

Nä ihr Kennr ihr Lü!

Günter Helmes
Gernot von Blödelfels

Nä ihr Kennr ihr Lü!

Geschichte, Geschichten und Geflunker aus
einem Siegener Stadtteil

Bibliografische Information der Deutschen Nationalbibliothek:
Die Deutsche Nationalbibliothek verzeichnet diese Publikation in der
Deutschen Nationalbibliografie; detaillierte bibliografische Daten
sind im Internet über dnb.dnb.de abrufbar.

© 2020 Günter Helmes / Gernot von Blödelfels
Cover-Foto von Gernot von Blödelfels (unter Verwendung einer
historischen Postkarte)
Satz, Umschlaggestaltung, Herstellung und Verlag: BoD – Books on
Demand, Norderstedt
ISBN 978-3-7519-4101-3

Inhalt

Vorbemerkung der Autoren

Die Geschichten, Menschen und Erinnerungen dieses Büchleins sind im Siegener Stadtteil Birlenbach beheimatet, könnten aber auch aus manch anderem Siegerländer Dorf, ja aus manch anderer Region stammen. Denn in der kleinen Welt, so zeigt sich immer wieder, scheint brennpunktartig auf, was Viele vielerorts bewegt.

Präsentiert werden, im Detail leicht abgeändert und zum Teil neu bebildert, Beiträge, die über das letzte Jahrzehnt im seit langem zweimal jährlich herausgegebenen, überregional wahrgenommenen *Dorfbläddche* des Heimatvereins Birlenbach erschienen sind. In einem Band versammelt und nach thematischen Gesichtspunkten neu geordnet, lassen die bislang weit verstreuten und nur Ausschnitte bietenden Beiträge dabei eine detailreiche Gesamtsicht entstehen.

In mal sachlich-ernstem, mal heiter-augenzwinkerndem, mal (selbst-)ironischem Ton geben die Beiträge Verbürgtes, Vermutbares, Mögliches, Gewünschtes, Ersponnenes, Groteskes und dergleichen mehr aus Vergangenheit und Gegenwart wieder. All das muss erzählt werden, wenn sich die Geschichtsschreibung eines Dorfes und seiner Umgebung nicht nur in Faktischem und in der Wiedergabe von Belegbarem erschöpfen soll, sondern wenn man auch bestrebt ist, Denkweisen, Gefühlslagen, Umgangsformen, Alltagsszenarien, Wunschwelten, Ängste, Verdrängtes und so weiter und so fort wenn nicht aus-, so doch zumindest anzuleuchten.

In diesem Sinne will dieses Büchlein zugleich erinnern, fragen, zurechtrücken, anmahnen, ermuntern und – alles andere als zuletzt – vor allem auch unterhalten.

7

Wir danken dem Heimatverein Birlenbach, vertreten durch seinen Vorsitzenden Herrn Jürgen Bohn, für die Erlaubnis zum Wiederabdruck dieser Beiträge sehr herzlich.

Günter Helmes / Gernot von Blödelfels
Im Frühjahr 2020

Die ersten Menschen: Birlenbacher?

Von der Öffentlichkeit bislang unbemerkt, hat sich im Oktober 2011 im Ortsteil »Altes Dorf« – der genauere Ort unterliegt vorläufig noch der Geheimhaltung – Sensationelles zugetragen: Bei Ausschachtungsarbeiten für einen Geräteschuppen wurden nur ca. ein Meter unter der Erdoberfläche die Schädel eines weiblichen und eines männlichen, menschenähnlichen Lebewesens gefunden.

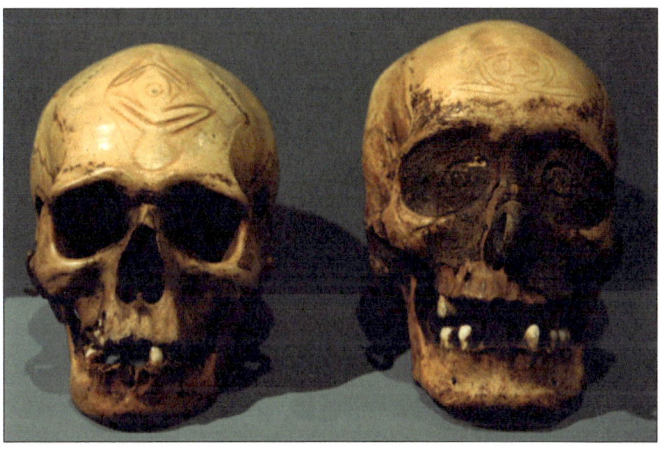

Abb. 1: Ahnengalerie. Vom Betrachter aus links ist der weibliche Schädel zu sehen

Da die sogleich getätigte Rückfrage beim Heimatverein, ob an besagter Stelle vormals ein Friedhof gewesen sei, verneint werden konnte, wurde umgehend die Kriminalpolizei eingeschaltet. Diese stellte die Schädel sicher und leitete sie an das gerichtsmedizinische Institut der Universität Bonn weiter.

Lange Rede kurzer Sinn: In Bonn wurde festgestellt, dass die beiden Schädel mindestens 150 000 Jahre alt sind. Es muss sich also um menschenähnliche Lebewesen gehandelt haben, die noch vor dem Neandertaler gelebt haben, den man bislang für den ältesten Bewohner Europas gehalten hat. Ob die Schädel auch älter sind als sonstige menschliche Fundstücke weltweit und es sich bei ihnen somit nicht nur um die ersten Europäer, sondern auch um die ersten Menschen handelt, kann vermutlich erst in zwei bis drei Jahren gesagt werden; u. a. sind Grabungen nach weiteren Fundstücken im Alten Dorf vorgesehen.

Gesagt werden kann aber schon jetzt, dass (1) das Paar vermutlich im Wortsinne in wilder Ehe gelebt hat, (2) es sich dennoch so zugetan gewesen ist, dass man sich wechselseitig die Schädel verziert hat, (3) die Frau freilich den Mann an der Nase herumgeführt hat, (4) der bei beiden vorhandene Eckzahn unten links auf ein aggressives politisches Verhalten schließen lässt, (4) diese politische Verhalten zum jähen Tod des Paares geführt haben könnte (zu beachten ist das Entsetzen im Blick des Mannes).

Von Interesse ist für die Bonner WissenschaftlerInnen und deren KollegInnen im In- und Ausland selbstverständlich auch, ob sich bis heute Spuren dieser Urmenschen in Birlenbach erhalten haben. Von daher sollen im kommenden Jahr bei ausgesuchten, insbesondere alteingesessenen Familien Gentests durchgeführt werden, um eventuelle Verwandtschaftsbeziehungen feststellen – oder ausschließen – zu können.

Wie Birlenbach zu seinem Namen kam

Als im Jahre 2012 glanzvoll und stolz das 550-jährige Bestehen von Birlenbach gefeiert werden konnte, ahnte noch niemand – konnte noch niemand ahnen! –, dass unsere Heimatdorf tatsächlich schon deutlich älter ist als bislang angenommen. Das aber haben kürzlich Quellenfunde in Archiven der südniedersächsischen Stadt Einbeck eindeutig bewiesen. Im Einzelnen:

Im Jahre 1368 tritt Einbeck der Hanse bei, jener großen, auch international tätigen Interessenvertretung niederdeutscher Kaufleute, die zu einer frühen Blüte vieler Mitgliedsstädte führt. Dadurch erweitert sich das Absatzgebiet des damals schon berühmten Einbecker Bieres erheblich. Es wird nunmehr von Antwerpen bis Riga und von Stockholm bis München vertrieben und gelangt auch ins Siegerland. Dort ist den angesprochenen, jüngst aufgetauchten Quellen zufolge die Nachfrage nach Einbecker Bier allerdings so groß, dass man mit dem Liefern nicht nachkommt und sich deshalb dazu entschließt, für die trinkfreudigen Siegerländer das Bier vor Ort zu brauen. Es entstehen erste Brauereien, die im Verlauf der Jahrhunderte zu einer langen Brautradition im Siegerland führen. Deren Krönung ist sicherlich in Gründungen wie der Irle-Brauerei (Ursprünge 1693), der Krombacher Brauerei (1803), der Erzquell-Brauerei (1855) und der Eichener Brauerei (1888) zu sehen. Doch bleiben wir im Mittelalter.

Einer der Orte, an denen im Siegerland damals aufgrund der hohen Nachfrage seitens der Einbecker Geschäftsleute Bier gebraut wird, ist – und wir zitieren aus einer der Quellen aus dem Jahre 1387 (!) – ein »lieplich flec maessiger groesse, unter ein hoeh, an ein seiffen geleggen, vorig ein bachlein vull koestlich's wazar, geheiszen **Bierleinbach** (QE-EINB, 1387, [1]b; Hervorhebung GH/GvB). An diesem »flec« Bierleinbach, heißt es in der Quelle dann weiter, »briuwet« ein gewisser Henrich Süverdübel – Süverdübel besaß vor den Toren Einbecks zwei Brauereien – ein »koestlich bier«, das er in einer »schank daselbest offertet« und nach »sigen schaffet«.

Einer etwas späteren Quelle aus dem Jahre 1401 (QE-EINB, 1401, a-c) entnehmen wir dann, dass sich bereits etliche Privathäuser von Brauereigesellen um Süverdübels kleine Brauerei herum befinden, doch bereits auch einige Häuser von (zu) trinkfreudigen Ansiedlern (»Syffeln«). In den Folgejahren ist es dann vermutlich so gewesen – hier schweigen sich die Quellen leider weitestgehend aus bzw. hier liegen (noch!) keine Quellen vor –, dass die Anzahl der trinkfreudigen Bierleinbacher enorm zugenommen hat (gesprochen wird in QE-EINB, 1409, d sogar von den »**Bierleichbechern**«; Hervorhebung GH/GvB; gebräuchlich wird dann auch der Ausdruck »bechern bis zur Bierleich« für übermäßiges Trinken).

Wahrscheinlich musste der Siegener Magistrat dann irgendwann mit einer drastischen Maßnahme eingreifen. Deren Spuren hat man verständlicherweise jedoch verwischt, damit man zu dem uns bekannten Gründungsjahr Birlenbachs 1461 einen unvorbelasteten Neuanfang wagen konnte.

BIRLENBACHER SPUREN IN SCHWARZAFRIKA

Bekannt ist, dass das tropische Kamerun, an der Westküste Afrikas knapp oberhalb des Äquators gelegen, von 1884 bis 1919 deutsche Kolonie gewesen ist. Bekannt ist ebenfalls, dass man sich damals auch im Siegerland sehr für Kamerun interessiert hat, wie das Theaterstück »En Iserfäller e Kamerun or Jong, blif bi dinner Mamme« des Eiserfelder Heimatdichters Dr. Karl Hartmann (1857-1910) zeigt.

Doch gänzlich unbekannt war bis vor kurzem, dass es zur Zeit des deutschen Kaiserreichs sogar enge Verbindungen zwischen Birlenbach und Kamerun gegeben hat. Davon zeugt ein Foto, das erst vor wenigen Monaten aufgenommen worden ist und das unser Glockenhäuschen – genauer: einen jüngst restaurierten Nachbau unseres Glockenhäuschens – inmitten eines Kameruner Dorfes zeigt:

Abb. 2: Das Kameruner Glockenhäuschen

13

Erste Recherchen, die in den vergangenen Wochen mehr eilig als gründlich getätigt worden sind, haben das Folgende zu Tage befördert.

Im Jahre 1897 ging der 1864 in Schneppenkauten geborene, doch seit seiner Jugend in Birlenbach ansässige Johann Fürchtegott Knoche als Missionar der Neuapostolischen Kirche in ein bei der Stadt Ngaundere gelegenes Dorf; dort sollte und wollte er im Sinne des christlichen Glaubens wirken. Schnell konnte er mit seinem treuen, durch den Wohlklang seiner Siegerländer Mundart unterstützen Verhalten das Vertrauen der Einheimischen gewinnen und eine segensreiche Tätigkeit entfalten. Diese Tätigkeit wirkte bis in Alltäglichkeiten hinein:

Bald war unter der Bevölkerung eine Art Schanzenbrot populär, man fertigte Mäckeser (Kaffeekessel aus Steingut) und Lutsche (Hausschuhe) an und sprach voneinander als Ädde (Vater), Mamme (Mutter), Jong (Junge) und, je nach Aussehen oder Wesen, von Deng, Kend, Bommelche, Atzelche, Schbier, Bloch oder Hibbe (alles Bezeichnungen für Mädchen). Birlenbacher Orte und Gegenden wie der Kälwerhof und das Westsiffe waren den zahlreichen Kindern in der Missionsschule vom Hörensagen her genau so vertraut wie Orte in ihrer unmittelbaren Umgebung, und auf eine Frage wie »Wem best du da?« kam es wie aus der Pistole geschossen »Osm Babbe, dm Kaisr on dm HERRN!«

Aber trotz all dieser Erfolge wollte sich bei Johann Fürchtegott Knoche nicht die rechte Zufriedenheit einstellen, zu sehr quälte ihn das Heimweh nach seinem geliebten Birlenbach. Johann Fürchtegott Knoche verfiel in Trübsal, aus der ihn alle Gespräche mit Glaubensbrüdern, Kolonialbeamten, Ärzten und anderen Landsleuten nicht zu befreien vermochten. Erst der schließlich aus einem Nachbardorf herbei gerufene Medizinmann Philémon Tschombe wusste Rat; Bwana (Herr) Knoche, so seine tiefe

Einsicht, braucht ein Stück Birlenbach um sich herum. Was lag da näher als das 1874 errichtete Glockenhäuschen!

Gesagt getan: Es wurden Baupläne und Photographien des Glockenhäuschens aus Birlenbach angefordert und dann machte man sich an die Arbeit. Zum Jahrhundertwechsel Silvester 1900 war es dann schließlich so weit: Zum Klang vertrauter heimatlicher Weisen, zu reichlich belegten Dongen (Schnittchen) und einem Köppche (Tasse) Malzkaffi (Malzkaffee) wurde der Nachbau des Glockenhäuschens eingeweiht. Und siehe da: Von Tag zu Tag, von Woche zu Woche, von Monat zu Monat ging es Johann Fürchtegott Knoche besser. Der bedankte sich schließlich, indem er einen in Eichenholz aus dem Birlenbacher Hauberg/ Komplex A eingravierten Spruch an seinem Glockenhäuschen anbringen ließ. Dieser Spruch kann uns auch heute noch Orientierung bieten:

Weißt Du nicht mehr ein noch aus,
dann suche Trost im Glockenhaus.

Abb. 3: Das Birlenbacher Glockenhäuschen. Radierung von Gundolf Bohn

15

EIN BIRLENBACHER LEBENSKÜNSTLER

Von Wilhelm Klappert, selbstständiger Klempnermeister, bis zu seinem Tode Ende der 1960er Jahre wohnhaft in dem von ihm erbauten Haus im Ortsteil »Zünche«, könnte man einen ganzen Abend lang erzählen.

Als in den dreißiger Jahren auf dem alten Birlenbacher Sportplatz ein Fußballspiel stattfinden sollte, lief er zur Gaudi der Zuschauer in Ermangelung einer Turnhose im knielangen, rosaroten Schlüpfer seiner Ehefrau Lisbeth auf.

Bei Dacharbeiten in Langenholdinghausen verabschiedete er sich in die Mittagspause. Er kam nie wieder. Die Leiter, auf der er auf dem Dach gearbeitet hatte, ist später heruntergefault.

Anfang der 60er Jahre schloss Wilhelm Klappert den Kohlebadeofen im funkelnagelneuen Kellerbad eines Nachbarn an. Als zum Heißwasserhahn auch der Kaltwasserhahn aufgedreht wurde, implodierte der Kohlebadeofen und die Rohre platzten. Der vom schockierten Eigentümer herbeigerufene Wilhelm Klappert ließ sich den Vorgang erklären und kommentierte dann knapp: »Tja, äntwärer haiss or kald, zesame gärt dat net!«

Unvergessen auch sein Besuch bei einem Finanzbeamten, dem er zwecks Steuererklärung sein reichlich mitgenommenes, in die Hosentasche passendes ›Geschäftsbuch‹ vorlegte. Als der Finanzbeamte nach einiger Zeit das ›Geschäftsbuch‹ entnervt mit dem Kommentar »Durch dieses Chaos blicke ich nicht durch, Herr Klappert« zur Seite legte, antwortete Wilhelm Klappert erfreut: »Do fällt mr awer en Schdai fam Herze, ech nämlech och net.«

Und geradezu philosophisch mutet ein Ausspruch an, den er in späten Jahren, in seinen Sechzigern anlässlich eines Geburtstages von sich gab: »Ech hadde mr vorgenomme, dat em Läwe nix us mr wird. Ech glauwe, et könn mr gerore.«

NATURSCHUTZ FIRST

Als der Schwarzwälder Georg Thoma bei den Olympischen Winterspielen 1960 im US-amerikanischen Squaw Valley völlig überraschend die Goldmedaille in der Nordischen Kombination gewann, löste das auch in Birlenbach Begeisterung aus. Insbesondere die Mitglieder des »Ski-Klubs Birlenbach«, älteren DorfbewohnerInnen noch gut unter dem Spitznamen »De Wendrgäcke« bekannt, gerieten schier aus dem Häuschen und erwogen sogar ernsthaft, in Birlenbach ein Wintersportzentrum entstehen zu lassen (die hierfür eingeworbenen Drittmittel wurden dann später – fragen wir heute nicht mehr danach, ob das alles mit rechten Dingen zugegangen ist – beim Bau des jetzt leider verkommenen Fußballplatzes verwendet).

So sollte beispielsweise in jenem Areal, das sich von der Panzerstraße bis zum gerade entstandenen Neubaugebiet befindet, eine Skisprungschanze gebaut werden. Vorbild war dabei die mittlerweile abgerissene, ursprünglich 1928 erbaute Hans-Riefler-Naturschanze in Nesselwang/ Allgäu. Um für den Anlauf und den Aufsprung entsprechendes Gefälle und zudem einen ebenen Auslauf zu bekommen, sollte die jetzt bebaute Wiesen- und Feldflur ausgebaggert und der Aushub auf der Feldflur unterhalb der Panzerstraße sowie im Bereich Birlenbacher Straße und jetziges Gewerbegebiet angeschüttet werden (zur Anschüttung war auch der Bauschutt einiger abzureißender Häuser vorgesehen; die Birlenbacher Straße sollte im besagten Bereich als Tunnel fortgeführt worden).

Letztlich scheiterte das als solches auch heute noch bedenkenswerte Vorhaben – wie ja so Vieles im Leben – an einer sogenannten Kleinigkeit: Mehrheitlich war man im Ort der Ansicht, dass der ideelle Preis für diese Sprung-

schanze, die ›Umsiedlung‹ mehrerer Frosch- und Lurchar-
ten, die damals noch im bachnahen Wiesengrund haus-
ten, zu hoch sei. Hut ab vor so viel Umweltbewusstsein,
liebe Altvorderen!

Elf Freunde müsst ihr sein

Anfang der 1960er Jahre treffen sich regelmäßig junge Männer, um auf einem kleinen Sportplatz Fußball zu spielen, der seit Jahrzehnten von der »Haubergsgenossenschaft ›Komplex A‹« im Ortsteil »Zünche« zur Verfügung gestellt worden ist.

Bald entsteht der Wunsch, einen eigenen Verein zu gründen. Dessen Gründungsversammlung findet am 23. Mai 1964 statt; der Verein erhält den Namen »Sportverein Birlenbach« und besteht zunächst nur aus einer Fußballabteilung. Der Bau der fälligen neuen Sportanlage an der Stelle des alten, vielleicht 60 Meter langen und 40 Meter breiten und im Hauberg gelegenen Sportplatzes wird von der Gemeinde übernommen.

Abb. 4: Bürgermeister Wilhelm Helmes begutachtet den Fortgang der Arbeiten am neuen Sportplatz

Derweil führt der »Sportverein Birlenbach« seinen Spielbetrieb auf dem »Södde« genannten Sportplatz in Meiswinkel durch.

Auf der »Södde« entsteht am 17. September 1964 auch jenes Bild, dass wir als nächstes wiedergeben. Es zeigt unter anderem mit Erich Vitt sen. (der Herr im hellen Jackett) den Wirt des damaligen Vereinslokals in Birlenbach und unermüdlichen Förderer der Erwachsenen- wie der Jugendfußballabteilung des Vereins. In der Mitte der hinteren Reihe und in die Kamera schauend sehen wir seinen Sohn Erich Vitt jun. Der wird zwei Jahre später zusammen mit seinem Birlenbacher Nachbarn Gerd Otto vor dem elterlichen Haus (heute der Kreuzungsbereich, der in den Sonnenhang, nach Langenholdinghausen, nach Geisweid und Richtung Trupbach führt) mit dem Motorrad tödlich verunglücken.

Abb. 5: Die erste Mannschaft des SV Birlenbach, 17.09.1964

Erich Vitt jun. zur Rechten steht Manfred Born, Borns Dicker genannt und mit einem sagenhaften Schuss ausgestattet – auch er ist lange schon verstorben. Das gilt auch für den vor Manfred Born knienden Torwart Walter Gellbach und selbstverständlich auch, ist man versucht zu sagen, für die beiden flankierenden Herren im Anzug, den damaligen Bürgermeister Birlenbachs Wilhelm Helmes und das Gemeinderatsmitglied Heinz Klappert, beide Gründungsmitglieder des Sportvereins.

Am 20. August 1966 dann kann der neue Birlenbacher Sportplatz mit einem Turnier, an dem etliche Siegerländer Mannschaften teilnehmen, seiner Bestimmung übergeben werden. Bald kann die Fußballabteilung sogar eine zweite Mannschaft aufstellen und auch eine C-Jugendmannschaft ins Rennen schicken. Im Jahr 1974 wird die erste Mannschaft Meister in der dritten Spielklasse und spielt dann bis zum Abstieg drei Jahre lang in der nächst höheren Zweiten Spielklasse. Erst 1989 kann die erste Mannschaft wieder, allerdings nur für ein Jahr, in die zweite Spielklasse aufsteigen.

Die sich anschließenden zwei Jahrzehnte verlaufen wechselhaft, gute Spieler werden abgeworben, jugendlicher Nachwuchs fehlt, immer weniger Spieler kommen aus Birlenbach selbst. Schließlich wird der Spielbetrieb ganz eingestellt.

„Den olympischen Grundsatz niemals vergessen"

Neuer Sportplatz in H.-Birlenbach festlich eröffnet — Ergänzungsbauten geplant

H.-Birlenbach, 22. Aug. „Auch vom gesundheitlichen Standpunkt aus betrachtet ist die sportliche Betätigung nur zu begrüßen. Es ist nun Ihre Aufgabe, diese neu geschaffene Sportanlage mit Leben zu erfüllen. Vergessen Sie darüber hinaus aber niemals den olympischen Grundsatz, nach dem das Dabeisein wichtiger ist als das Siegen! Der aufrichtige Sportler muß auch verlieren können." Diese Worte rief MdB Landrat S c h m i d t am Samstag den Mitgliedern des SV. Birlenbach und den Einwohnern von H.-Birlenbach zu, die zur Eröffnung des nun vorläufig fertiggestellten, neuen Sportplatzes erschienen waren.

Zahlreiche aktive und passive Sportler waren zum ehemaligen „Alten Sportplatz" hinaufgestiegen, der sich dem Publikum nun in völlig neuem Gewand präsentiert. Als Landesbeauftragter begrüßte Landtagsabgeordneter Vitt die Vertreter der Verwaltung, des Kreissportausschusses und der benachbarten Sportvereine, die es, sich nicht hatten, nehmen lassen, die Birlenbacher zu ihrem neuen Sportplatz zu beglückwünschen und ihnen freundschaftliche Präsente zu überreichen. MdL Vitt wies die Mitglieder des SV. Birlenbach darauf hin, daß es nun ihre und die Aufgabe ihrer Helfer sei, dafür zu sorgen, daß sich die sportbegeisterten Bewohner des Stadtteiles nun hier auch wirklich sportlich betätigen können. Um dem Sportverein diese Aufgabe zu erleichtern, überreichte er dem Kassierer einen symbolischen Ball von beachtlichem Wert: ein Kuvert, das einen Scheck über 1000 DM enthielt. Dieser „Ball" soll die Anschaffung der notwendigen Sportgeräte wesentlich erleichtern.

Der Geschäftsführer des SV. und ehemalige Gemeindevertreter Heinz Stötzel ergriff als Vertreter des ehemaligen Bürgermeisters und jetzigen Ortsbeauftragten Helmes, der wegen eines Trauerfalles verhindert war, das Wort und schilderte den Werdegang des neuen Sportplatzes und die vielen Schwierigkeiten, denen sich der damalige Gemeinderat gegenübergestellt sah. Nachdem im Mai 1964 der SV. Birlenbach aus der Taufe gehoben worden war, mußte man nun versuchen, den Mitgliedern des Vereins auch einen Sportplatz zu schaffen, der den Bestand des Vereins gewährleistet. Nachdem man nach langen Verhandlungen endlich in den Besitz des „Alten Sportplatzes" gelangt war, ging man zügig daran, aus diesem alten einen „Neuen Sportplatz" zu machen. 22 600 Kubikmeter Erdmassen, davon rund 3000 Kubikmeter Felsen, mußten bewegt werden, ehe die gewünschte Fläche endlich entstanden war. Die langen Regenfälle der letzten beiden Jahre zogen den Fortgang der Arbeiten immer wieder hinaus. „Viele Sorgen und ungezählte schlaflose Nächte liegen jetzt hinter uns, und endlich ist es gelungen, der Jugend dieses Stadtteiles eine Anlage für Sport und Spiel zu schaffen. Nützt diesen Platz als eine Stätte der Selbstbeherrschung!" Mit diesen Worten schloß Stötzel seine Ausführungen, in deren Verlauf er immer wieder die besonderen Verdienste des ehemaligen Bürgermeisters H e l m e s hervorhob, der maßgeblich dazu beige-

tragen hatte, daß der Plan, den der Gemeinderat einst faßte, Wirklichkeit wurde.

Für den SV. Birlenbach sprach der 2. Vorsitzende des Vereins, F. H o f f m a n n. Seinen Ausführungen war zu entnehmen, daß der im Jahre 1964 gegründete Verein heute schon über sechs Abteilungen verfügt, 120 aktive und 60 passive Mitglieder hat. An dieser außerordentlich hohen Zahl aktiver Mitglieder kann man wohl die dringende Notwendigkeit für den Bau eines eigenen Sportplatzes ersehen. Begrüßungs- und Glückwunschworte überbrachten

Landrat Schmidt vollzog den ersten Anstoß auf dem neuen Sportplatz.

außer den genannten Festgästen noch Kreisleichtathletikobmann Otto S t ö c k e r, der Vorsitzende des VfB. Weidenau, Dr. L ü s t e r sowie der Vorsitzende des VfL. Klafeld-Geisweid, E l b r e c h t. Ehrengäste, Marschmusik und Fahnen bildeten so das festliche Gepräge für das erste Fußballspiel, das nach Beendigung des offiziellen Teiles auf der neuen Anlage gespielt wurde. Hier standen sich eine Auswahl aus den Vereinen VfB. Weidenau, VfL. Klafeld-Geisweid, SV. Birlenbach und eine Auswahl der Vereine TSV. Trupbach, SVg. Seelbach und SV. Büschergrund gegenüber. MdB Schmidt vollführte den Anstoß. (Über den Spielverlauf berichten wir im Sportteil.)

Die Kosten der Anlage beliefen sich bis jetzt auf ca. 170 000 DM, die zum Großteil von der ehemaligen Gemeinde Birlenbach und vom Landkreis, seit Einführung der neuen Raumordnung aber auch von der Stadt Hüttental, getragen wurden. Die Anlage gilt noch keineswegs als vollendet, — eine Sprunggrube, ein Kugelstoß-Ring, eine 75-m-Laufbahn und Umkleidekabinen sollen im Laufe der nächsten Zeit noch gebaut werden, außerdem soll der gesamte Platz noch eine bessere Decke erhalten. Damit werden sich die Birlenbacher Sportler aber wohl noch mindestens bis zum nächsten Sommer gedulden müssen.

Abb. 6: Siegener Zeitung vom 22. August 1966

23

WIE GEWONNEN, SO ZERRONNEN

Nur wenige Wochen ist es her, da durfte sich der Heimatverein Birlenbach über einen schönen Gewinn in der »Tombola 2010« freuen, die die Birlenbacher Partnergemeinde New York unlängst ausrichtete: Einen Vereinsbus in Limousinenform.

Abb. 7: Birlenbachs Hauptgewinn

Wie sich in der Zwischenzeit leider herausgestellt hat, lässt sich dieser Vereinslimousinenbus allerdings nicht in allen Teilen unseres Dorfes kutschieren, vor allem nicht in den Ortteilen »Altes Dorf« und »Sonnenhang« – der Wendekreis des Fahrzeugs ist einfach viel zu groß. Überlegungen, besonders enge Kurven durch den Abriss angrenzender Häuser zu entschärfen oder bspw. die Zufahrt zum Glockenhäuschen zweispurig auszubauen, mussten letztlich doch aufgegeben werden. Die Stadt Siegen und das Land NRW hätten zwar Mittel in entsprechender Höhe zur Verfügung gestellt, allerdings in Drachmen und damit in einer Währung, die die bereits per Ausschreibung zum Zuge gekommene Baufirma »Wackes & Södde GmbH & Co KG« von der Kanalinsel Guernsey nicht akzeptieren wollte.

Der Heimatverein hat von daher schweren Herzens beschlossen, seinen schönen Gewinn an Birlenbachs weitere Partnergemeinde Timbuktu/ Mali zu geben. Wie glaubhaft versichert wurde, gestatten die dortigen räumlichen Verhältnisse in der Regel ein bequemes Rangieren des Fahrzeugs. Im Unterschied zu unserer dritten Partnergemeinde Nuuk/ Grönland bietet Timbuktu zudem den Vorteil, dass die Schlagseite des Fahrzeugs witterungsbedingt nicht verschiefert werden muss. Wir wünschen unseren Freunden in Timbuktu viel Freude mit ihrem neuen Gefährt.

Von Jungfrauen und Glocken

Bei einem privaten Aufenthalt einiger Mitglieder des Heimatvereins Birlenbach in Kopenhagen vom 23. bis 25. Juli 2010 konnten die traditionell engen Verbindungen zwischen Heimatverein Birlenbach und dänischem Königshaus aufgefrischt werden. Gerne wurde an die Hochzeitsfeierlichkeiten (2004) von Prinz Frederik und Mary Donaldson zurückgedacht, an denen damals zwei Birlenbacher Ehepaare als Delegation teilnahmen.

Abb. 8: Hochzeitsfeierlichkeiten unter Beteiligung von zwei Birlenbacher Ehepaaren

Im Vordergrund aber stand die gemeinsame Zukunft. Unter dem Motto »Däne zäjje mier't – Birlhagen meets Kopenbach« kam es zu mehreren zwanglosen Treffen; dabei war die Öffentlichkeit nur beim kleinen Empfang der Birlenbacher im Rahmen des Wachwechsels zugelassen.

Abb. 9: Wachwechsel in Kopenhagen

Das aus Birlenbacher Sicht wichtigstes Ergebnis der Beratungen lautet: Kopenhagen wird sich intensiv an den Feierlichkeiten zum 550jährigen Bestehen Birlenbachs im nächsten Jahr beteiligen! Künstlerinnen und Künstler aus der »Freistadt Christiania«, in der seit Jahrzehnten mit alternativen Lebensformen experimentiert wird, werden in Birlenbach Vorgärten umgestalten, Häuser bemalen, beim Anbau von Mohn und Hanf zur Hand gehen und Wohn-, Ehe/Partnerschafts- und Familienberatungen anbieten. Die Krönung aber wird sein: Für ein Jahr kommt die weltberühmte »Kleine Meerjungfrau« nach Birlenbach. In Erinnerung an den Birlenbacher »Brückensitzverein« aus den 1930er Jahren wird sie ihren Platz auf der zu diesem Zweck demnächst erweiterten Brücke zwischen den Häusern Utsch und Hiller finden. Im Gegenzug müssen die Birlenbacher aber für ein Jahr auf die Glocke aus dem Glockenhäuschen verzichten. Die nämlich wird in 2011 ihren Dienst in Kopenhagen tun und dort immer dann erschallen, wenn die bekennende Raucherin Königin Margarethe II. sich die nächste Zigarette anzündet.

Neue Heimat im »País de la eterna primavera«[*]

Gemunkelt wurde schon seit Monaten, jetzt ist es heraus: Ab dem 1. Januar 2013 wird Birlenbach, dass seit seiner Ersterwähnung vor 551 Jahren immer zu deutschen Landen gehört hat, zur zentralamerikanischen Republik Guatemala (span.: República de Guatemala) und dort zur Stadt Quetzaltenango gehören, der Hauptstadt des gleichnamigen Verwaltungsbezirks (span.: Departemento)!

Die Dauerkrise um die WestLB und die klammen Kassen der Kreise, Städte und Gemeinden hatten schon zu Beginn des vergangenen Jahres NRW-weit dazu Anlass gegeben, über neue Einnahmequellen nachzudenken. Über Parteigrenzen hinweg wurde der auch von zahlreichen Verbänden und von Wirtschaftsweisen gestützte Vorschlag favorisiert, insgesamt achtzehn kleinere, durch Losverfahren bestimmte Gebiete aus allen Landesteilen weltweit zur Versteigerung anzubieten; dadurch sollen Bargeld in die Landeskasse fließen und Unterhaltungskosten (Straßen, Versorgungseinrichtungen, Müllabfuhr etc.) entfallen. Über den für Birlenbach (wie für die anderen siebzehn Gebiete) erzielten Versteigerungserlös war bislang nichts zu erfahren, doch drang durch, dass bis wenige Minuten vor Versteigerungsende das Höchstgebot für Birlenbach von Weißrussland vorgelegt worden war. Ob wir mit Weißrussland besser gefahren wären?

Guatemala, im Süden der Halbinsel Yucatán gelegen, ist ein schönes Land mit einem schmalen Zugang zum Karibischen Meer und mit einer langen Pazifikküste. Annähernd 60% der Bevölkerung sind europäischer (spani-

---

[*] Dies – »Land des ewigen Frühlings« – ist der Wahlspruch Guatemalas.

scher) oder gemischt europäisch-indigener Abstammung, so dass wir aufgeschlossenen Birlenbacher in dieser Hinsicht keine Probleme mit unseren neuen Landsleuten haben dürften. Entgegen kommt uns auch die Tatsache, dass auch in Guatemala zahlreiche Regionalsprachen und Dialekte (z. B. Quiché, Mam und Arawak) gesprochen werden und es somit wie bei uns zu markanten Abweichungen von der Landes- bzw. Amtssprache kommt (die ist allerdings Spanisch, was uns in erster Zeit bspw. bei Verwaltungsformularen und Verkehrsschildern das eine oder andere Problem bereiten könnte). Da zudem ca. 90% der Bevölkerung christlichen Glaubens sind, davon ein Drittel protestantischen, vor allem freievangelikalen Kirchen angehören, sind auch in dieser Hinsicht gute Voraussetzungen für ein gedeihliches Miteinander gegeben.

Abb. 10: Dorffest im Landesinneren Guatemalas

Unsere ländlich geprägte, doch kulturell rührige und mit einem Flughafen (aufgepasst, Siegerlandflughafen, wir kommen!) versehene ›Muttergemeinde‹ Quetzaltenango

30

mit ihren ca. 150 000 Einwohnern liegt in der Mitte des gleichnamigen Departamentos (ca. 740 000 Einwohner), in dem es im Übrigen auch einen Bevölkerungsanteil mit deutschstämmigen Vorfahren gibt (hier werden demnächst Heimatforscher ein reichhaltiges Betätigungsfeld haben, ist doch nicht auszuschließen, dass im 18. und 19. Jahrhundert auch Birlenbacher dorthin ausgewandert sind). Da im Departemento Quetzaltenango die Landwirtschaft immer noch großgeschrieben wird, ist damit zu rechnen, dass neben dem Handwerk auch unsere traditionelle Haubergswirtschaft durch unsere neue Zugehörigkeit einen beachtlichen Aufschwung nehmen wird.

Wie zu erfahren ist, will bereits im Spätsommer dieses Jahres eine Bauern, Handwerker, kulturell Tätige sowie Verwaltungsfachleute und Politiker umfassende Delegation aus Quetzaltenango Birlenbach besuchen, um erste Kontakte mit der heimischen Wirtschaft, mit Vereinen und mit der Bevölkerung aufzunehmen. Nachgedacht werden soll darüber, wie Birlenbach über die nächsten Jahre/ Jahrzehnte hinweg ein Gepräge annehmen kann, dass dem des neuen Heimatlandes entspricht. Schon heute steht bspw. fest, dass ab 2015 für Birlenbacher Kinder Spanisch Unterrichtssprache in der Ganztagesschule Birlenbach sein wird (mit Deutsch als erster Fremdsprache).

Fans von Schalke 04 werden jetzt schon jubeln können: Die Farben der guatemaltekischen Flagge sind Blau-Weiß!*

---

* Birlenbach bedankt sich im Übrigen bei der Stadt Siegen, beim Kreis Siegen-Wittgenstein und beim Land Nordrhein-Westfalen für ihre jahrzehntelange Gastfreundschaft.

Abb. 11: Die Landesflagge Guatemalas

Komm spiel mit mir! (I)

Der Mensch, so lesen wir bei Schiller in dessen *Über die ästhetische Erziehung des Menschen* (1795), ist nur da »ganz Mensch, wo er spielt«, wie andererseits auch gelte, dass er nur da spielt, »wo er in voller Bedeutung des Wortes Mensch ist«. Ob nun alles an dem ist und was es bei Schiller mit den Wörtern »ganz« und »spielen« genauer auf sich hat, kann hier nicht erörtert werden. Wohl aber können wir Schillers Gedanken zum Anlass nehmen uns daran zu erinnern, was wir als Kinder bis zur Schwelle der Jugend vor gut einem halben Jahrhundert so alles gespielt haben, und uns zu fragen, was für eine Art Menschen wir damals demnach gewesen sind.

Haben auch Sie noch das laute Scheppern im Ohr, wenn wie seit Jahrhunderten bereits eiserne Reifen mit einem Stock durch die nunmehr geteerten Straßen geschlagen wurden? Oder hören Sie noch das feine Surren, das der in Bewegung versetzte Peitschenkreisel von sich gab, ebenfalls ein Spielzeug, das man schon im 16. Jahrhundert kannte, wie das Bild »Die Kinderspiele« (1560) des niederländischen Malers Pieter Bruegel d. Ä. zeigt?

Abb. 12: Pieter Bruegel d. Ä.: »Die Kinderspiele« (1560)

Aber vermutlich ist Ihnen das Geschimpfe von Nachbarn lebhafter in Erinnerung geblieben, wenn man wieder einmal mit Hilfe eines sogenannten Malsteins einen Hickelkasten (auch: Paradiesspiel, Himmel und Hölle, Tempelhüpfen, Reise zum Mond, Hinkekasten; Näheres dazu auf Wikipedia) auf die Straße oder auf den Gehweg gemalt hatte und darin herumhüpfte, lauthals von den MitspielerInnen unterstützt. Was für ein Hurra (Krach)! Und wie sah das nun wieder aus, dieses Geschmiere, einfach nur mäckesich (schändlich unordentlich), und das vor der eigenen Haustür! Da waren nicht wenige Ältere ganz froh, als in den 1960er Jahren der Hickelkasten mit dem Gummitwist eine ernsthafte Konkurrenz bekam, auch wenn man dem Namensgeber Twist, einem damaligen Kulttanz der Jugend, als neumodischem amerikanischem Gedä (unnützes Tun) selbstverständlich ablehnend gegenüberstand: Ein etwa drei Meter langes Schlüpfer- oder Durchzugsgummi wird verknotet und zunächst in unterschiedlicher Weise um die Füße, dann der Schwierigkeit halber um die Waden, die Knie und die Oberschenkel von zwei sich gegenüber stehenden MitspielerInnen gespannt und gedehnt. Der/ die dritte MitspielerIn muss nun in, auf oder zwischen dem Gummiband bestimmte Figuren hüpfen; macht er/ sie einen Fehler, ist der nächste dran ...

Sehr beliebt war auch das gerne hinter den Häusern auf gestampftem, noch nicht durch Verbundsteine ›entseelten‹ Erdboden gespielte Gleckern (Murmeln), das man schon in der römischen Antike kannte und das sich fortan weltweit in ungezählten, zuweilen von Ortsteil zu Ortsteil wechselnden Spielvarianten ausbreitete. Einfache eingefärbte Murmeln aus Ton oder bunt prangende Glaskugeln unterschiedlicher Größe und unterschiedlichen ›Innenlebens‹ – alle von unterschiedlichem Spielwert – müssen nach einer zuvor bspw. per Piss-Pott ausgehandelten Reihenfolge in ein mehrere Meter entferntes, etwa Faust großes Erdloch geworfen bzw. geschoben werden; wer als Erste/r die Murmeln ins Erdloch bugsiert hat, ist GewinnerIn und erhält den zuvor festgelegten Gewinn, häufig die im Spiel eingesetzten Murmeln der VerliererInnen.

Stichwort »hinter den Häusern«: Da gab es gelegentlich auch Sandkästen von veritabler Größe, die selbst noch von Kindern auf der Schwelle zur Jugend benutzt wurden, nicht etwa um mithilfe von Förmchen irgendwelche Kuchen zu backen oder Muscheln zu formen, sondern um unter Zuhilfenahme von Stöckchen, Brettchen und diesem und jenem ganze (Eisenbahn-)Landschaften mit Tunnels und Brücken zu entwerfen. Womit wir uns so langsam von dem Raum vor und hinter den Häusern entfernen und uns ›ins offene Feld‹ bewegen, eingedenk der Zwischenergebnisse, dass das damalige Spielen sehr stark von weit zurück reichenden Traditionen und von Gemeinsamkeit geprägt und in der Regel nicht kostenintensiv war – Ausnahmen, man denke an die Glasmurmeln, aber auch an so etwas wie einen echten Lederball (s. u.), bestätigen die Regel.

›Ins offene Feld‹: Damit sind Wiesen, Felder, Wäldchen und Wälder gemeint. Was konnte man da nicht alles anstellen, beispielsweise auf dem Truppenübungsplatz, der sich auf der Anhöhe zwischen Trupbach und Alchen Richtung Westen und Birlenbach und Niederholzklau Richtung Osten befindet! Da konnte man nicht nur alte Autos ›ausschlachten‹, die wer weiß wer dort ›vergessen‹ hatte, und zum Beispiel uns ungemein wertvoll erscheinende Chromleisten oder Spiegel bergen, dort konnte man auch das im Grund durch den Tannenwald fließende und Nockemanns Weiher in Trupbach versorgende Bächlein stauen und diverse Hafenbecken anlegen.

Hoch attraktiv war auch das im »Siffe« zwischen Birlenbach und dem »Höddedal« genannten Ortsteil von Klafeld-Geisweid gelegene »Säuloch« – ein alter verwunschener

Steinbruch –, in das bzw. den die Birlenbacher allen möglichen Schrott und Unrat vom Auto über den noch von einem Pferd gezogenen Leichenwagen bis hin zu Hausmüll wie Zeitschriften oder abgetragene Kleidung entsorgten – der ein oder andere Kadaver wird auch dabei gewesen sein. Für uns war dieser Ort trotz einschlägiger Geruchsbelästigungen ein wahres Eldorado, in dem man auf Schatzsuche gehen konnte und garantiert fündig wurde.

Abb. 13: Er kriegt ihn!

Waren, um uns wieder freundlicheren Orten zuzuwenden, die Wiesen abgemäht und der Bauer bzw. der Besitzer gnädig, konnte man sich dort sommers zur Nachmittags- und frühen Abendzeit zum Fußballspielen treffen, in Birlenbach bspw. auf den Wiesen oberhalb der Firma Holz-Münker.

Vier Pullis oder Stöcke, um zwei Tore zu markieren, eine Runde Piss-Pott der ›Leitwölfe‹, um die Reihenfolge der Mannschaftswahl festzulegen, und schon konnte es losgehen! Konnte es? Hatte denn jemand einen ordentlichen Ball mitgebracht, nicht bloß so eine »Fummel« oder »Plastikpille«? Wie oft haben wir mit Nadel und Seil den raren, aus breiten Streifen zusammengesetzten Lederball wieder selbst genäht und geflickt, wie oft ihn eingefettet, wie oft die Blase ausgetauscht, die mal wieder den Geist ausgegeben hatte, um unserem Fußballvergnügen nachgehen zu können! Und wehe, der Ball war nass geworden: Dann war er schwer wie Blei und ein Kopfball mit echten Gefahren verbunden.

Aufgrund fehlender Anlagen war es auch sonst nicht ganz leicht, sportlichen Interessen nachzugehen. Eine Laufbahn, eine Weitsprunggrube, ein Gelände zum Fahrradfahren, ein Skihang? Alles Fehlanzeige. Mit Spitz- und Flachhacke und Schaufel sind wir losgezogen aufs Plätzche (dort befindet sich seit 1966 der Fußballplatz) oder auf den Hollekuser (Langenholdinghauser) ›Fußballplatz‹ auf der Anhöhe Richtung Buchen, haben dort eine Grube ausgehoben, diese mit Sägespänen von Hinkels Onkel Rudi (Schreinerei Hinkel in Langenholdinghausen) gefüllt und sind dann auf Weitenjagd gegangen. Einer von uns konnte von zu Hause heimlich sogar eine Stoppuhr mitbringen, so dass auch Laufwettbewerbe auf dem freilich höchst unebenen Gelände veranstaltet werden konnten.

Fahrradtechnisch hielt man sich eine Zeit lang besonders gerne auf dem damals noch großen Platz vor Ottos »Hochhaus«, einem kastenförmigen Mehrfamilienhaus »An den Weiden«, auf, um dort dem Geschicklichkeitsspiel »Festfahren« zu frönen. Zwei oder mehr FahradfahrerInnen versuchen, eine FahrradfahrerIn so in die Enge zu treiben, dass sie / er absteigen muss und damit verloren hat.

Und wenn es dann Winter wurde, ging es mit Kombizange und Beil bewaffnet in das Gelände oberhalb des

Neubaugebiets »Vor der Schule«, um dort Weidezäune durchzuknipsen und kleinere Bäume im höher gelegenen Wäldchen zu fällen – und schon konnte man, Schnee gab es ja damals in der Regel noch reichlich, mit den Ski auf selbst getrampelter Piste von der Panzerstraße bis hinunter zum »Mührhannes« genannten Haus an der Birlenbacher Straße fahren, einen Sprung über die selbst gebaute Sprungschanze wagen oder die klassische Hatz auf Ski »Fuchs und Jäger« organisieren.

Abb. 14: Nach dem Rennen

Haben wir etwas vergessen? Aber ja doch, erzählt werden muss ja zumindest noch vom Maikäferfangen und dem Basteln von Flöten und Habben, vom Kartoffelapfelschleudern, dem Beschießen mit Vogelbeeren mittels Blasrohr und dem Bewerfen mit Kuhfladen, vom Eierbahnbauen und Eierwerfen, vom Indianer-, Soldatchen- und Feuerwehrspielen und von dem, was man so machte, wenn man sich im Haus aufhielt.

Komm spiel mit mir! (II)

Und weiter geht es mit all den unter »Spiel« zusammengefassten Freizeitaktivitäten, die vor gut 50 Jahren und weiter zurück unter Kindern besonders beliebt waren.

Einige davon waren saisonal bedingt, sei es durch den Gang der Natur oder durch hohe Feiertage. Stand das Osterfest unmittelbar vor der Tür, wurden fleißig Moos und kleine Äste gesammelt, um damit an Hängen, bevorzugt im Hauberg, Eierbahnen zu bauen. Gut konstruiert, hatten diese etwas von Bobbahnen, auf denen dann hart gekochte, um der Härte der Schale willen gerne noch in einen Ameisenhaufen gelegte Ostereier ›rasant‹ hinunterkollern konnten.

Abb. 15: Gleich kann es losgehen!

Solcher Art präparierte Ostereier wurden auch benötigt, um – was für ein Wort (!) – Ostereierweitwurfwettbewerbe zu veranstalten, bevorzugt über Häusergiebel oder Bäume hinweg in nachgelagerte Wiesen hinein. Dabei konnte ein Osterei erstaunlicher Weise durchaus eine ganze Anzahl von Würfen überleben, bevor es in Stücke zerbrach, es sei

40

denn, es landete auf einem Stein oder Maulwurfshügel – oder wurde mittels Luftgewehr aus einem Versteck heraus ins Jenseits befördert (so häufiger geschehen Ende er 1960er Jahre im Zünche).

In die Frühlingsmonate fielen auch das Basteln von Flöten und Habben sowie, der Name sagt es schon, das Maikäferfangen, das ja schon zur Mitte des 19. Jahrhunderts durch die Geschichte vom Onkel Fritze in Wilhelm Buschs *Max und Moritz* zu zweifelhaftem Ruhm gelangt ist.

Abb. 16: Noch ist er in Freiheit

Mit einer Rute oder einem Zweig ausgestattet, wurden die damals noch zahlreichen Maikäfer aus Sträuchern und jungen Bäumen heruntergeschlagen und anschließend ›zur Verwahrung‹ und ›weiterer Verwendung‹ in ausgedienten Zigarrenkisten stolz nach Hause getragen.

Auch das Basteln von Flöten und Habben spielte sich im Wald bzw. am Waldesrand ab, wo es Haselnusssträucher gab, gelegentlich aber auch an Bachläufen oder Tümpeln, die von Weiden bestanden waren.

Abb. 17: Geschafft!

Wenn die Rinde im Frühjahr richtig saftig war, konnte man sich mit etwas Geschick leicht ein einfaches ›Musikinstrument‹ anfertigen. Dabei reichte für die Habbe ein wenige Zentimeter langes, Kinderfinger dickes Ästchen, das man rundherum ein wenig mit dem Messerstiel klopfte, bis sich die Rinde abdrehen ließ; nun musste die Rinde lediglich noch zusammengedrückt und ein ca. ein Zentimeter langes äußeres Rindenstück abgeschabt werden, damit ein Mundstück entstand, und schon konnte man dem ›Instrument‹ erstaunlich laute, leicht quäkende Töne entlocken.

In den Sommermonaten dann gab es zuweilen die Gelegenheit, die üblichen Kämpfchen untereinander einmal mit ganz besonderen Waffen auszutragen, mit Kuhfladen nämlich.

Abb. 18: Wehe, du wirst getroffen!

Oben waren diese dank intensiver Sonneneinstrahlung fest und trocken und konnten in die Hand genommen werden, von unten hingegen waren sie noch weich und feucht. Wehe, man wurde von so einer ›Tellermine‹ getroffen! Dann lieber schon – im Spätsommer – eine Vogelbeere abbekommen, die durch gläserne Blasrohre ›abgefeuert‹ wurden und die zwar ein wenig schmerzten, aber keinen Gestank hinterließen und zu Hause keinen Extra-Ärger nach sich zogen.

War das Jahr schließlich in den Herbst fortgeschritten, galt es, eine ca. dreiviertel Meter lange biegsame Rute, gerne aus einem Haselnussstrauch geschnitten, anzuspitzen, damit man darauf einen kleinen grünen Kartoffelapfel oder eine besonders kleine Kartoffel stecken konnte. Erstaunlich, wie weit man die ›Wurfgeschosse‹ damit katapultieren konnte. Mit ein wenig Geschick konnte man sogar eine ziemliche Zielgenauigkeit erreichen, und gab es in der Nähe bspw. ein Vordach aus Blech oder aus Kunststoff, konnte man es zum Leidwesen der Hausbesitzer auf wahre Kracher bringen. Dann galt es freilich, rasch die Flucht anzutreten, denn sich eine Ohrfeige oder einen Tritt in den Hintern einzufangen, war durchaus nicht ungewöhnlich und wurde von den meisten Eltern als gerechte Bestrafung durch Dritte verstanden.

Kommen wir zu ausgesprochenen Gruppenaktivitäten, zum Indianer-, Soldatchen- und Feuerwehrspielen nämlich. Angeheizt durch Karl May-Lektüren und -Kinofilme, durch das Kinder- und Jugendfernsehen (»Der Indianerclub«) und durch ungezählte Western im Sonntagsprogramm von ARD und später ZDF, führte kein Weg daran vorbei, selbst in die Rolle von Winnetou, Old Shatterhand, Sam Hawkens, Nscho-tschi, Ribanna, Intschu tschuna oder Old Firehand zu schlüpfen oder auch einmal eine hinterhältige, blutrünstige Rothaut zu sein – das war ja das rassistische Stereotyp, mit dessen Hilfe u. a. auch die indigenen Völker Nordamerikas vernichtet, unterjocht oder in Reservate abgeschoben wurden.

Wir Kinder wussten um diese historischen und ideologischen Hintergründe freilich nicht, sondern versuchten uns aus Wollfäden Perücken zu machen, aus abgelegter Kleidung Indianerkostüme zu schneidern, Tomahawks und Pfeil und Bogen zu fertigen und sogar, in ortsnahen Wäldchen, kleine friedliche Indianersiedlungen mit aus Geäst, Zweigen und alten Decken oder Kartoffelsäcken ›gezimmerten‹ Wigwams und Feuerstellen anzulegen – die konnten je nach Spielanlage allerdings auch einmal von weißen Schuften oder von rivalisierenden Indianerstämmen angegriffen werden. Und dann kam es zum Kampf, auf den man sich freilich z. B. dadurch gut vorbereitet hatte, dass man das theatralische Sterben aufgrund einer erlittenen Schussverletzung durch Pfeil oder Kugel intensiv geübt hatte.

Abb. 19: Winnetou (Pierre Brice) und Old Shatterhand (Lex Baker)

Diese theatrale Fähigkeit kam einem beim Soldatchen-Spielen sehr zupass. Das wurde durch ungeheuer viel ›Zeitgeist‹ ständig auf Touren gehalten: Durch die Recht-fertigungserzählungen der Großväter und Väter aus Weltkrieg I und II, durch Fernsehmehrteiler wie *So weit die Füße tragen,* durch die auch in der Schule spürbare Kalte Kriegs-Atmosphäre, die für uns in der mehrfachen und mit millionenfacher Vertreibung einhergehenden Teilung Deutschlands reichlich Nahrung fand, durch re-gelmäßige, als Vorbereitung auf den Ernstfall gedachte Sirenen-Übungen und durch auch zu Weihnachten gerne

45

verschenktes Kriegsspielzeug. Weitere Spiel-Utensilien wie Gasmasken, Koppel, Uniformteile oder manuelle Löschpumpen für den Hausgebrauch als Relikte des gerade einmal 20 Jahre zurückliegenden Zweiten Weltkriegs fanden sich ja noch auf den Speichern oder in den Kellern, während andere wie beispielsweise ein Funkgerät leicht aus Pappkarton hergestellt oder wiederum andere wie (zuweilen noch scharfe!) Patronenhülsen unschwer auf dem nahegelegenen Truppenübungsplatz gefunden werden konnten.

Abb. 20: Für uns war es Spielzeug

Und so konnten wir denn ein ums andere Mal ins Feld ziehen, mal zu bloßen Übungszwecken, mal, um Rivalitäten zwischen einzelnen Ortsteilen oder Cliquen auszufechten, immer jedoch unter dem zugleich Warnung und Ansporn darstellenden Ruf »Die Russen kommen!«.

46

Aber wir waren auch friedfertig und huldigten dem Gemeinwohl, indem wir eine Jungen und Mädchen (!) umfassende, u. a. mit ausgedienten Uniformmützen ausgestattete Jugendfeuerwehr gründeten, die ihr Feuerwehrhaus in einem Nebengelass des Hühnerstalls hatte. Hier wurden nicht nur diverse Utensilien wie Löscheimer und -pumpen (s. o.) sowie die Feuerwehrautos geparkt – es handelte sich um selbst fabrizierte Seifenkisten, versteht sich – hier fand unter strenger Aufsicht von Manfred Hochhardt, dem Sohn des damaligen Löschzugführers Karl Hochhardt, auch theoretischer Unterricht statt. »Gaszone, Brennzone, Leuchtzone« – diejenigen, die damals den Aufbau einer Kerzenflamme zu lernen hatten, werden diesen Lernstoff bis heute nicht vergessen haben, schon deshalb nicht, weil man bei unzureichenden Kenntnissen mit Arrest in einem Drahtverschlag bestraft wurde. Wie bei den ›Alten‹, war auch für uns die Schlussübung der Höhepunkt des Feuerwehrjahres, und war das von einem Großvater auf dem alten Fußballplätzchen entfachte und kontrollierte Feuer gelöscht – wie mühselig war es, mithilfe der Seifenkisten dorthin Wasser und Gerätschaften zu transportieren! –, dann durfte endlich der bei Vitts (Gaststätte und Lebensmittelladen) oder im Konsum (Lebensmittelladen von Gertrud Heinbach) eingekaufte Schnuck (Süßigkeiten) verzehrt werden.

Schauen wir abschließend noch, was man so machte, wenn man sich im Haus aufhielt. Auch damals schon saß man als Kind gegen den erklärten Willen nahezu aller Pädagogen oder indirekt mit Erziehung Befasster (Pastor) gerne vor dem Fernseher, gegebenenfalls auch bei Nachbarn, falls man noch keinen eigenen hatte; dort musste man gegebenenfalls Geld mitbringen, falls die noch ein Gerät hatten, das abbezahlt wurde, indem man es per Münzeinwurf zum Laufen brachte.

Abb. 21: Selbsterklärend

»Sport – Spiel – Spannung« beispielsweise zunächst mit Heinrich Fischer und dann mit Klaus Havenstein im Nachmittagsprogramm unter der Woche, diverse Produktionen der »Augsburger Puppenkiste« u. a. mit Jim Knopf, Kater Mikesch und mit dem Urmel, »Fury«, »Mein Freund Ben«, »Flipper«, »Tammy, das Mädchen vom Hausboot«, »Daktari«, »Poly« oder »Rin Tin Tin« an den Wochenenden, Western-Serien wie »Am Fuß der blauen Berge«, »Rauchende Colts« oder »Bonanza« an Sonntag Nachmittagen, dazu die zahlreichen Vorabendserien wie »Abenteuer unter Wasser«, »Die seltsamen Abenteuer des Hiram Holliday«, »Belphegor«, »Sprung aus den Wolken«, »Adrian der Tulpendieb«, »Janine« oder »Ein Sommer mit Nicole«: Das Angebot war reichlich und wurde gerne angenommen! Aber es wurde – zumindest zu Weihnachten – auch sehr gerne gebastelt oder mit der Laubsäge hantiert, und Karten- und Brettspiele ›gingen‹ sozusagen immer. Zumindest bei Jungen standen Autoquartetts ganz hoch im Kurs, und konnte man mit einem Renault R4 einen fetten Jaguar oder Ähnliches wegtrumpfen, weil der eine 5, der andere aber nur 4 Türen hatte, war das ein großartiges

Gefühl. Aber auch andere Quartetts, in denen Tiere oder Städte die Hauptrolle spielten, fanden ihre Liebhaber-Innen, und »Elfer raus!« oder »Schwarzer Peter« waren bei nahezu allen beliebt. Das galt auch für den Klassiker »Mensch ärgere Dich nicht«, für das »Bauernroulette« oder für das ›avantgardistische‹ »Monopoly«.

Und dann gab es ja auch noch, im wie außer Haus, sommers wie winters, das von vielen Eltern als Sündenfall schlechthin verteufelte, freilich auch verteufelt interessante Doktorspielen – das Erinnern daran aber wollen wir Ihnen gerne selbst überlassen.

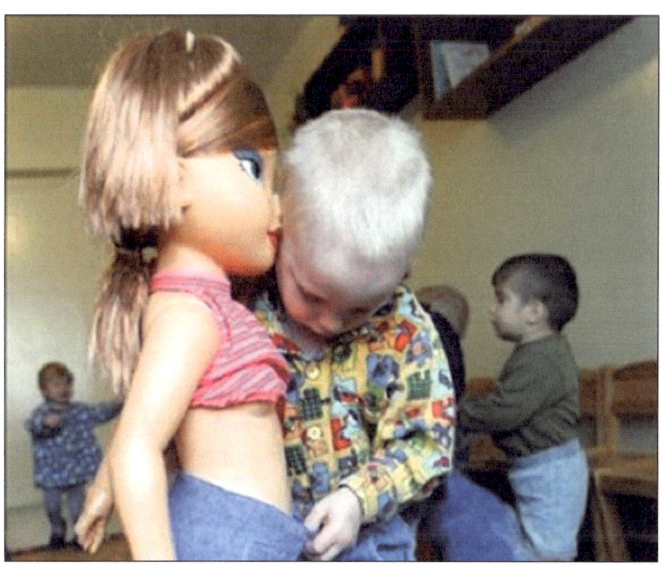

Abb. 22: Selbsterklärend

INTERNATIONALE ANERKENNUNG FÜR BIRLENBACHER

Gleich auf drei schöne internationale Erfolge können Birlenbacher in diesem noch jungen Jahr 2014 bereits zurückblicken.

Abb. 23: »Der Bahnhof von Berwick-upon-Tweed«

Beim »Internationalen Dorftrotteltreffen« (28. bis 30. Februar 2014) im äußerst gastfreundlichen Berwick-upon-Tweed, im äußersten Nordosten Englands in der Grafschaft Northumberland gelegen, konnten die Brüder Hans-Jürgen und Hans-Günter Bomes einen hervorragenden vierten Platz belegen.

Zahlreiche Punkte sammelten sie vor allem in »Sprachliches Miteinander« und »Weltläufigkeit«. Beeindruckt zeigte sich die einhundertsechsundfünfzigköpfige Jury insbesondere von dem lautmalerisch vorgetragenen »hä?«, »h'e« und »ee« sowie von dem gezierten »öm«, das bei pikanten Spielsituationen mit mindestens zwei TeilnehmerInnen zum Einsatz kommt. Überzeugen konnte auch die

50

Tatsache, dass unsere BoBo's (die seitens der Lokalpresse verwendete liebevolle Abkürzung für Bomes-Boys) für alle Eventualitäten eine Zahnbürste, einen Fünfkilobeutel Kartoffeln und jeder ein zweites Hemd mitgebracht hatten.

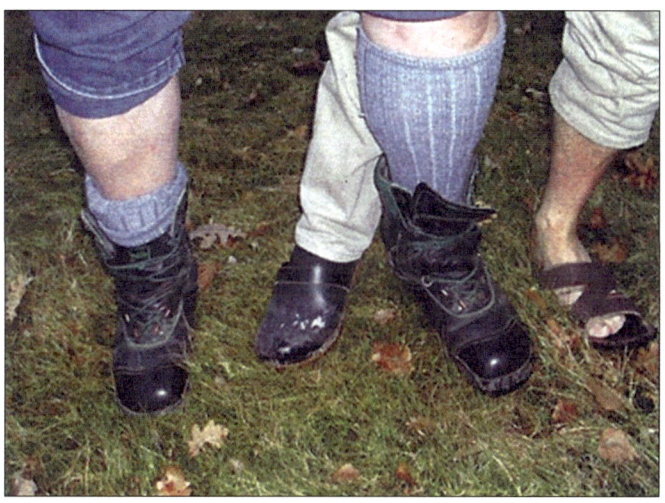

Abb. 24: Die Gebrüder Bomes

Einen gänzlich überraschenden dritten Platz belegte die gemischte Mannschaft (Melanie Krombach, Kurt Maisel, Herrmann Einbeck, Sarah-Maja Köstritz) der Abteilung »Stange* und Stößchen*« unseres Sportvereins SV Birlenbach auf der internationalen Biermesse in Milwaukee, einem im Bundesstaat Wisconsin gelegenen Zentrum der US-amerikanischen Brauindustrie. In einem als Moderner Fünfkampf angelegtem Wettbewerb wurde in den Disziplinen »Tulpen*pflücken« und »Stiefel*putzen« sogar jeweils der erste Platz erzielt.

Einen drastischen Einbruch gab es aber leider in der Disziplin »Herrgöttli*-Verehrung« – hier wurde unter

---

* Es handelt sich jeweils um bestimmte Biergläser

dreiundvierzig teilnehmenden Mannschaften nur der vorletzte Platz belegt, was auf einen enormen Trainingsbedarf in dieser Disziplin schließen lässt.

Schließlich wurde – ungern loben wir in eigener Sache – auf der Leipziger Buchmesse (15. bis 18. März 2013) das *Dorfbläddche* des Heimatvereins aufgrund eines achtbaren achten Ranges im Wettbewerb (acht Teilnehmer) mit einer Ehrennadel ausgezeichnet. Das *Dorfbläddche* habe bewiesen, so die offizielle Verlautbarung der Messeleitung, dass (1) es weniger Fehler mache als möglich, (2) Papier nicht nur der Behauptung nach, sondern tatsächlich äußerst geduldig sei und (3) es auch in Geschmacksverirrungen eine nach oben offene Richterskala gebe.

TUTTI FRUTTI: KARL-WILHELM ORBST

Im heißen, niederschlagsfreien Sommer 1959, der auf weitere sonnenreiche Sommer hoffen ließ, kam der findige, in alle Herrgottsrichtungen weit gereiste Birlenbacher Karl-Wilhelm Orbst (wohnhaft »In der Furte«) auf eine glänzende Idee: Durch die Kreuzung zweier Früchte, einer heimischen und einer beliebigen fremdländischen, wollte er es zu Wohlstand bringen und gleichzeitig sein Heimatdorf in aller Welt bekannt machen. Aufgrund der Anfangsbuchstaben des Ortsnamens entschied er sich dafür, dass alle Kreuzungen auf der BIRne aufbauen sollten. Und warum nicht auch gleich ganz kühn beginnen? Sollte es wirklich nicht möglich sein, eine Birne mit einer Banane zu kreuzen?

In einem kleinen, von unerwünschten Blicken abgeschirmtem Garten in jenem sonnenbeschienenen, heute bebauten Gebiet zwischen BIRlenbach und Klafeld wurde in besagtem Frühjahr 1959 jedenfalls heftig experimentiert. Und tatsächlich gelang es schon im Spätsommer desselben Jahres, die ersten BIRNANEN zu ernten und sie, nach eingehender Prüfung, ganz unterschiedlichen Verzehrmöglichkeiten zuzuführen.

Weitere Mischungen wie die BIRNANAS, die BIRPRIKOSE oder die BIRTRONE sollten von daher baldmöglichst folgen. Doch gestaltete sich dann bereits der Vertrieb der Birnane selbst auf dem heimischen Markt wider Erwarten schwierig – die KäuferInnen blieben aus, deshalb wohl auch, weil damals im Zusammenhang mit der ersten Arbeitsmigrantenwelle im Siegerland ein allgemeines heftiges Misstrauen gegen die Mischung von biederem Heimischem und anziehendem Südländischem herrschte. Als dann die Sommer der frühen 1960er Jahre allen Hoffnungen zum Trotz nur mäßig und dazu auch noch ausgesprochen regenreich ausfielen, den Experimenten Karl-Wilhelm Orbsts also auch noch die klimatische Grundlage entzogen wurde, ging dessen »Fruttimix KG« bald in Konkurs.

Abb. 25: Eine Birnane (Rekonstruktion)

Gerüchte, nach denen sich Karl-Wilhelm Orbst in späteren Jahren noch einmal an der auf der BIRke beruhenden Kreuzung von verschiedenen Baumarten bzw. Hölzern versucht haben soll – die Rede in diesem Zusammenhang war beispielsweise von verschiedenartigen BIRCHEN, BIRLEN und sogar BIRPELN – konnten bislang nicht bestätigt werden und gehören wohl eher ins Reich der Fantasie.

BIRLENBACHER ERFINDUNGSREICHTUM

Sicherlich ist manchem noch in guter Erinnerung, dass Birlenbach bis in die 1960er/1970er Jahre hinein auch ein Ort des blühenden Handwerks und Gewerbes gewesen ist – wir erinnern beispielsweise an die Schuster Erich Schöler und Gustav Gieseler, an den Klempner Wilhelm Klappert und an die Betreiberinnen von Lebensmittelgeschäften Gertrud Heinbach und Elfriede Vitt.

Doch wer weiß noch, dass es in Birlenbach bis ins frühe 20. Jahrhundert eine Reihe von Gewerken und DienstleisterInnen gegeben hat, die man nur hier und allenfalls noch in einigen weiteren Siegerländer Gemeinden vorgefunden hat, nicht aber jenseits jener Höhenzüge, die unsere Heimat lange so vorteilhaft vor unerbetenen Neuerungen geschützt haben? Zu nennen wären da unter anderem die Berufe des Hippenschmieds, des Hurtschnitzers, des Eimer- und Kannenmalers und – ein frühes Beispiel erfüllter weiblicher Berufstätigkeit – der Stangenmacherin.

Weil der Siegerländer Boden, insbesondere in der geographischen Mitte dieser Region, zu der auch Birlenbach gehört, so überaus steinig war und ist, sah man sich gezwungen, nicht nur die wenigen weil teuren Pferde, sondern auch die in vielen ärmeren Häusern anzutreffenden Ziegen (Hippen) zu beschlagen.

Bei deren zarten Hufen gehörte dazu selbstverständlich ein hohes Maß an Kunstfertigkeit, die der Überlieferung nach vor allem bei Birlenbacher Hippenschmieden anzutreffen gewesen ist. Die Birlenbacher Hippenschmiede entwickelten sogar einen Sommer- und einen Winterbeschlag, hielten aber auch für sparsame oder weniger betuchte Kunden eine Ganzjahres›bereifung‹ auf Vorrat.

Abb. 26: Siegerländer Hippe, frisch beschlagen

Ein Birlenbacher ist es auch gewesen – Christoph Martin Hahn (1639 bis 1701) aus dem »Furte« genannten Ortsteil –, der in langwierigen Beobachtungen herausgefunden hat, dass Hühner, insbesondere die Rasse »Bergischer Kräher«, dann besonders legefreudig sind, wenn man ihnen nicht nur ein zweckdienliches, sondern auch ein dem Auge schmeichelndes Zuhause schafft. Aus diesem Grunde stattete er seinen Hühnerstall nicht wie sonst üblich mit einfachen geständerten Latten (Hurt) als Ruheplatz für die Hühner aus, sondern schuf kunstvoll verzierte und variantenreich montierte Gestängeanlagen – heute würde man wohl von Wohlfühloasen sprechen. Schnell entwickelte sich aus der Produktion für den Eigenbedarf ein kleines Unternehmen mit mehreren Gesellen, dass über etliche Generationen als Familienbetrieb erfolgreich war und angeblich bis ins Bergische Land und ins Marburgische hinein geliefert hat.

Einer vergleichbaren Einsicht in die dem Birlenbacher, ja dem Siegerländer Menschen kaum nachstehende ästhetische (und: erotische?) Sensibilität unserer gefiederten oder befellten HausgenossInnen verdankte das Handwerk des Eimer- und Kannenmalers seine Jahrhunderte lange Blüte. Zum Wissen unserer Altaltvordern gehörte es nämlich, dass zum Melken gehaltenes Vieh wie Ziege, Schaf und Kuh sozusagen noch einmal ›eine Schippe drauflegt‹, wenn seine nahrhafte Milch in Gefäße gerät, die farblich und mit bestimmten Motiven veredelt sind. Der örtliche Historicus Ehrenfried Memminghaus (1715-1789) berichtet in seiner vielbändigen »Chronica Birlenbachiensis« wiederholt davon, dass Rottöne aller Art sowie die Motivketten »Melker des Orients « und »Schmeichelnde Hände« besonderen ›Auftrieb‹ gaben.

Schließlich ist an die Stangenmacherin zu erinnern, die einen unverzichtbaren Beitrag innerhalb der komplexen, u. a. in unserer *Dorfchronik* und auf Wikipedia (unsere Quellen) gut beschriebenen Haubergswirtschaft zu leisten hatte (Stichwort beispielsweise: Eichelmast).

Abb. 27: Stangenmacherinnen und ihre Haubergsgenossen mit freigelegten Stangen

Ihren geschickten, durch zweckdienliches Werkzeug beförderten Händen oblag es, sechzehn bis zwanzig Jahre junge Eichenstangen noch stehend, d. h. vor dem »auf den Stock setzen« zu entrinden und also quasi zu entkleiden. Historische Aufnahmen zeigen selbstbewusste, zuweilen freilich auch nachdenklich oder skeptisch dreinblickende Stangenmacherinnen, umgeben von Haubergsgenossen und den diesen nach genossenschaftlichem Prinzip zugehörigen, frei gelegten Stangen.

GROSSE POLITIK

Ja wenn man denn wüsste, verbindlich wüsste, was sich auf Gemeinderatssitzungen in den 1950er und 1960er Jahren so alles zugetragen hat. Diese Sitzungen fanden bevorzugt in der Gaststätte Vitt statt, im ersten Stock des 1967 im Zuge des Straßenneubaus der L 564 (Olper Straße) abgerissenen alten Gebäudes, das bis zum Schluss auch eine Bäckerei und ein Lebensmittelgeschäft beherbergte und das schon in den 1890er Jahren als »Gaststätte Stein« regen Publikumsverkehr kannte.

Überliefert ist, dass es dort zuweilen mehr als hoch her ging, was mit unterschiedlichen Temperamenten, Erfahrungen und auseinanderklaffendem Weltwissen, mit Generationenrangeleien, mit Schicht- und Parteizugehörigkeiten und nicht zuletzt auch mit den Interessen der einzelnen Ortsteile zu tun hatte. Traditionell war beispielsweise das Amt des Ortvorstehers, des Gemeindedirektors oder des Bürgermeisters – ja, all diese Ämter bzw. Bezeichnungen gab es einmal, zum Teil sogar gleichzeitig – von Bürgern aus dem sogenannten »Alten Dorf« (Ober- und Unterdorf) ausgeübt worden, was natürlicherweise, ist man versucht zu sagen, dazu führte, dass insbesondere hier gebaut und investiert wurde und andere Ortsteile sich eher stiefmütterlich behandelt sahen, beispielsweise das sogenannte »Zünche«, das von den Granden des Alten Dorfes, ja vom ganzen Alten Dorf nur »Hypothekenviertel« genannt wurde, beispielweise der »Sonnenhang«, wo ja viele »Flechtlinge, Fremde on och mäckesije Lü – moss ech noch me sä – « ein neues Zuhause gefunden hatten.

Aber nicht zu vergessen Persönlichkeitsprofile, Biographien und Generationszugehörigkeiten: hier der schwerstbehinderte, verbittert aufbrausende zweifache

Weltkriegsteilnehmer, dort der heiter-lebensfrohe, als Spätgeborener vom Kriegseinsatz Verschonte und neben diesem der gutmütig in seiner überschaubar kleinen Welt Lebende; dann Schichtzugehörigkeiten: dort ein Bauer mit beträchtlichem Grundbesitz, hier ein Arbeiter, der frühmorgens mit dem Fahrrad zur Bahn nach Geisweid eilen musste, um so den entfernt liegenden Arbeitsplatz zu erreichen; schließlich Parteizugehörigkeiten: hier der »Rorre« mit einem gewaltigen »Brass ob alles Schwarze on dat ganze fromme Gedä«, dort der gläubige Konservative, der in jeder Neuerung, jeder Abweichung vom Überkommenen gleich eine Steigbügelhalterschaft für »dä Spitzbart« (Walter Ulricht, damals stellvertretender Ministerpräsident der DDR und Erster Sekretär des Zentralkomitees der SED) witterte, dazu noch der sich betont bürgerlich-honorig Gebende, der vom Arbeitgeberhut und vom Aufstieg in ›bessere Kreise‹ träumte – – – ja, auch all dies hat neben Ortsteilrivalitäten selbstverständlich dazu beigetragen, dass Gemeinderatssitzungen in Birlenbach wohl mehr als einmal eher einem ›Kriegszustand‹ glichen als einer zu Sachfragen tagenden politischen Versammlung.

Keine Frage, wir haben an dieser Stelle kräftig schwarzweiß gezeichnet und aus verschiedenen realhistorischen Akteuren Typen entworfen, nicht zuletzt auch deshalb, um diese realhistorischen Akteure nicht zu ›enttarnen‹ – tatsächlich waren die Verbindungs- wie die Demarkationslinien im Gemeinderat im Übrigen noch wesentlich komplizierter und über Kreuz –, aber es dürfte klar geworden sein, wieviel Sprengstoff schon damals die vermeintliche Dorfgemeinschaft, vertreten durch ihre politischen Repräsentanten, mit sich geführt hat. Machen wir uns nichts vor: Es war gar keine Gemeinschaft, Gemeinschaft in diesem ein ganzes Dorf umfassenden Sinne gab es damals nicht und gibt es heute nicht!

Abb. 28: Am 25. Mai 1966 tagte zum letzten Mal ein Gemeinderat Birlenbach: v. l.: Fritz Gieseler, Herbert Müller, August Birlenbach, Bürgermeister Wilhelm Helmes, Karl Hochhardt, Heinz Stötzel, Heinz Klappert

Aber zurück zur Überlieferung: Sozusagen aktenkundig ist, dass man sich auf Gemeinderatssitzungen übel beschimpft und sogar Prügel angedroht hat, dass man sich in glühendem Zorn dazu hinreißen ließ, dem politischen Gegner an den Kopf zu werfen, so dumm wie er sei man schon lange, dass man, bier- und schnapsselig, sowohl die Treppe zum Versammlungsraum rauf- wie runtergefallen ist, dass man, zuweilen, alkoholbedingt so ›erschöpft‹ und der Bewusstlosigkeit nahe gewesen ist, dass man mit einer Schubkarre nach Hause gefahren werden musste und dort wie ein Kartoffelsack vor der Haustür abgekippt worden ist. Die berühmten, verbissen geführten Rededuelle zwischen Franz Josef Strauß und Herbert Wehner in den 1970er und 1980er Jahren: Ein Klacks jedenfalls gegen das, was sich im Birlenbacher Gemeinderat öfters abgespielt hat. Womit wir bei der ganz großen Politik und damit bei Gerüchten angelangt wären, deren Wahrheitsgehalt nach so langer Zeit wohl nicht mehr überprüft werden kann.

Als es in der zweiten Hälfte der 1950er Jahre um den Bau des Richtung Geisweid neben der Schule gelegenen Ehrenmals ging und man sich über dessen Ausführung partout nicht einig werden konnte, soll, so wurde damals geraunt, der damalige Bundeskanzler Konrad Adenauer (CDU) unangemeldet höchst persönlich auf einer Gemeinderatssitzung bei Vitts aufgetaucht sein.

Abb. 29: Konrad Adenauer (1952); Foto Katherine Young, New York

Mit den Sätzen »In der Politik jeht et nich darum, recht zu haben, sondern recht zu behalten« und »Einfach denken ist eine jute Jabe Jottes« fällte er eine Entscheidung und machte allem Zwist ein Ende. Vermutlich war dieser Besuch Adenauers in Birlenbach eine solche Top Secret-Aktion, dass er ihn in seinem Memoiren mit keinem Sterbenswörtchen erwähnt hat – was wiederum dafür spricht, das der Besuch tatsächlich stattgefunden hat.

62

Der nächste prominente Politiker, der dann Ende der 1950er / Anfang der 1960er Jahre im Gemeinderat gewesen sein soll, war Johannes Rau (SPD), der spätere Ministerpräsident von Nordrhein-Westfalen und schließlich sogar Bundespräsident. Von »Bruder Johannes«, wie man Rau wegen seines bekennenden Glaubens nannte, ist bekannt, dass er als pietistisch geprägter Wuppertaler von Jugend auf enge Beziehungen ins Siegerland hatte.

Abb. 30: Johannes Rau (2004); Foto Johannes Liebmann

Was also lag näher, als ihn, der damals als Geschäftsführer eines Buchverlags tätig war und als Vorsitzender der Wuppertaler Jungsozialisten im nordrhein-westfälischen Landtag saß, um planerischen Rat zu bitten, als es um den Bau der evangelischen Kirche in Birlenbach ging? Ob die zeitlose Schlichtheit des Gebäudes – sie setzte sich in der Innenraumgestaltung fort, wie man sich erinnern wird – auf den Einfluss von Johannes Rau zurückzuführen ist? Man geht wohl kein allzu großes Risiko ein, wenn man diese Frage nicht verneint!

Schließlich ließ sich auch die FDP nicht lumpen und entsandte – selbstverständlich undercover – den damaligen Innenminister und Präsidenten des Landessportbundes von NRW, den Hagener Willi Weyer, Anfang des Jahres 1965 in den Birlenbacher Gemeinderat, um mit Rat und Tat an der Planung des neuen, am 20. August 1966 schließlich eingeweihten Fußballplatzes mitzuwirken.

Abb. 31: Willi Weyer (1981); Foto Harald Hoffmann

Ruch- bzw. im Wortsinne riechbar wurde das Ganze, als urplötzlich ein Teil des Gemeinderates über die Parteigrenzen hinweg dicke Zigarren rauchte – Willi Weyer nämlich war passionierter Zigarrenraucher, und wie im Falle von Winston Churchill, gibt es auch von ihm zahlreiche Fotos mit Zigarre im Mundwinkel.

WIE GEDENKEN?

In diesem Jahr 2014 jährt sich die »Urkatastrophe des 20. Jahrhunderts«, der Ausbruch des Ersten Weltkrieges nämlich, zum einhundertsten Mal jährt.

»Olle Kamellen«, »von annodunnemol«, »hat nichts, aber auch gar nichts mit uns zu tun« hören wir einige sagen. »Das ist vorschnell geantwortet«, möchten wir dagegenhalten und unter anderem an jene 17 Birlenbacher erinnern, die damals zusammen mit ca. 10 Millionen Soldaten aus annähernd 40 Ländern und ca. 7 Millionen Zivilisten ihr Leben verloren (weitere ca. 20 Millionen Soldaten wurden darüber hinaus verwundet oder versehrt).

Abb. 32: Birlenbacher »Ehrenmal«, Detailansicht

65

17 junge Männer allein aus Birlenbach, bei einer Einwohnerzahl damals von ungefähr 230, man stelle sich das einmal vor! Wie wäre es gewesen in unserem Dorf (und anderenorts, selbstverständlich!), wenn diese jungen Männer weitergelebt hätten, Familien gegründet hätten, Alltagsgeschichte mitgestaltet hätten? Und umgekehrt: Was ist in den Köpfen, den Herzen der Familien, der Geliebten, der Nachbarn, der Freunde damals passiert, als sie die jeweilige Todesnachricht bekamen? Wie hat sich das – der Zweite Weltkrieg steht ja zum schrecklichen Überfluss noch bevor – über Jahrzehnte hinweg und vielleicht bis in unsere Gegenwart hinein in der Haltung der Menschen zu den Mitmenschen, zum Leben, zu benachbarten und fernen Ländern niedergeschlagen?

»Den Lebenden zur Mahnung«, lautet der zweite Teil jener Inschrift, die auf dem Ende der 1950er/ Anfang der 1960er Jahre errichteten sogenannten »Ehrenmal« neben der Birlenbacher Schule zu lesen ist, das die hiesigen Opfer der beiden Weltkriege verzeichnet.

Das können wir sicherlich auch heute noch dann vorbehaltlos unterschreiben, wenn damit – erstens – einschränkungslos zu einem antimilitaristischen, antinationalistischen Denken und Handeln aufgefordert werden soll. Ob das beim Errichten des Denkmals so der Fall gewesen ist, muss freilich bezweifelt werden, wurde es doch »Ehrenmal« genannt und lautet doch der erste Teil der Inschrift »Den Toten zur Ehre«. Und mit der »Ehre« kommen durch die Hintertür militaristischer und nationalistischer Ungeist doch wieder herein.

Die da ihr Leben verloren, waren aber weder »Helden« noch sind sie »fürs Vaterland« »gefallen« – das sind weitere irreführende und zynisch beschönigende Wörter und Vorstellungen, die sich damals wie heute dann gerne und schnell einstellen. Sie und all die anderen Kleinen Leute aus allen Herrenländern, diejenigen also, die eigentlich

›im selben Boot‹ saßen, sind letztlich vielmehr um der Interessen Weniger hüben wie drüben willen rücksichtslos und geradezu industriell getötet, ja ermordet worden. Das sollte – zweitens – auf eine weitere Mahnung an uns Lebende hinauslaufen, diejenige nämlich, genau hinzuschauen, wenn andere für uns bestimmen wollen, was unsere Interessen und Ziele sind.

Ein weiteres Glockenhäuschen für Birlenbach?

Zu neuen Ufern« – diesem 2013, vor zwei Jahren also kreierten städtebaulichen Motto fa dr Schdatt hat sich eine Gruppe aus BirlenbacherInnen und auswärtigen FreundInnen des Dorfes zu Herzen genommen, als sie Mitte September vier Tage lang die britische Hauptstadt London erkundete. Mit von der Partie waren neben den Brüdern Hans-Jürgen und Hans-Günter Bomes, die in England bereits vor Jahren einmal schöne Erfolge beim »Internationalen Dorftrotteltreffen« erringen konnten (vgl. hier »Dabei sein ist alles«), u. a. ein Ehepaar aus dem Ortsteil »Zünche«, das Birlenbach vor nunmehr auch schon wieder elf Jahren bei der Hochzeit von Prinz Frederick und Mary Donaldson in Kopenhagen vertreten hatten (vgl. hier »Von Jungfrauen und Glocken«).

Ausgedehnte Besuche verschiedener Londoner Stadtviertel und Sehenswürdigkeiten gaben bei einer ausgiebigen letzten Rast im Regent's Park unmittelbar vor der Rückreise dazu Anlass, unter anderem intensiv darüber nachzudenken, wie das im Verkommen begriffene Gelände des Birlenbacher Sportplatzes (vgl. hier »Elf Freunde müsst ihr sein«) künftig vielleicht wieder besser genutzt werden und attraktiver gestaltet werden könnte.

Einige als solche gute Ideen – ein fest installierter Flohmarkt wie der Londoner Camden Market, eine an gewonnene ›Schlachten‹ mit Nachbardörfern erinnernde Siegessäule à la Nelson auf dem Trafalgar Square oder ein repräsentativer Torbogen wie der Marble Arch – wurden dann doch wieder schnell verworfen. Sollte man wirklich den Fürschde in Klafeld-Geisweid und deren Flohmarkt Konkurrenz machen? Sollte man Gott sei Dank in den

Nachbardörfern verheilte Wunden dadurch wieder aufreißen, dass man an deren Niederlagen erinnert? Zöge man sich nicht den Neid von Stadt und Land zu, wenn man so monumental mit einem Bau aus Carrarramarrmorr aufprotzen würde?

In Erinnerung kam aber dann auch noch ein Schwatt, den ein Birlenbacher Urgestein vor vielen Jahren einmal im Kreise erlauchter Birlenbacher Ausflügler anlässlich einer imposanten Häuserzeile im schönen Flensburg gemacht hatte, und das gab schließlich den Ausschlag: »Schöa esset jo, awer dat könne mir e dr Birlewich gar net schdälln!«, sagte Dietmar damals in städteplanerischer Weitsicht und hatte damit nicht nur allzu recht, sondern auch ein geflügeltes Wort geprägt, das in Jahrzehnten noch gute Dienste bei allen Birlenbach bedrohenden Fehlentwicklungen und Fehlentscheidungen wird leisten können. Diesen Schwatt also als Mahnung im Hinterkopf, mussten neben den bereits genannten Ideen auch zahlreiche weitere um das Wembley Stadion, die Tower Bridge, Big Ben, die verschiedenen Museen oder das London Eye kreisende über die Themse bzw. über die Wupper bzw. über den Birlenbach gehen, bis irgendwann irgendwer das Stichwort »Soho« fallen ließ. Kam das Stichwort vom Nachbartisch? Oder von jemandem aus unserer Runde? Egal! »Soho« – das Stichwort fiel und eine zündende, ja heiße Idee war geboren!

Ein Ort des Spiels, der Freude, der Begegnung, der körperlichen Ertüchtigung und insbesondere des Auf und Ab ist der Birlenbacher Sportplatz im letzten halben Jahrhundert lange Zeit gewesen, ein solcher Ort könnte er auch künftig wieder sein und werden. Wie in Londons Stadtteil Soho, könnte auch hier wieder das Vergnügen in der einen, in der anderen oder auch in einer dritten Form an oberster Stelle stehen, doch müsste man dazu freilich, wie's gerne so schön heißt, mit der Zeit gehen und quasi

»zu neuen Ufern« aufbrechen. Die Voraussetzungen wären günstig: Eine vorteilhafte Randlage, eine (und nur eine!) leicht zu sichernde Zufahrt, ein bereits eingezäuntes, einer Arena gleichendes Gelände: Was ließe sich hier nicht alles erbauen: Gleckerbahnen (wir fühlen uns an kindlich-unschuldiges Spiel aus ferner Vergangenheit in kurzen Hosen erinnert), ein 9-Loch Kurzplatz (ein sog. Craigend Course), Be- und Entkleidungsgeschäfte, ein Laden mit Spielwaren für jung gebliebene Erwachsene und mit internationaler Fachpresse im Hochglanzformat und mit Hobbyfilmen von Amateuren und Profis, ein Heilbad mit Zubern zur alleinigen oder gemeinsamen Nutzung, ein Naturlehrpfad mit einem Schwerpunkt »Haubergswirtschaft« beispielsweise (vgl. hier »Birlenbacher Erfindungsreichtum«) und eben ein neues – Glockenhäuschen (mittig vielleicht auf dem jetzigen Anstoßkreis).

Bitte entscheiden Sie bis zum 31. Dezember 2015 im Internet unter http://doodle.com/poll/mu5fgw7iawg2syic mit über die künftige Nutzung des Birlenbacher Sportplatzgeländes!

Ein weiteres Glockenhäuschen für Birlenbach – und mehr

Eigentlich müsste dieser Beitrag mit »Donnrschlach!« oder »Gerore, säde Henners Fritz on seichte e de Botze« überschrieben werden, handelt er doch von der von BirlenbacherInnen gewünschten, im Detail überraschenden Zukunft eines Teils von Birlenbach, dem Sportplatz nämlich. Man erinnert sich: Unter dem Titel »Ein weiteres Glockenhäuschen für Birlenbach?« ging es zuletzt um den mehr oder minder verwaisten Birlenbacher Sportplatz; es wurden einige Vorschläge zur künftigen Nutzung des zusehends unansehnlichen Geländes in den Raum gestellt, und die Birlenbacher wurden dazu aufgefordert, im Internet über diese Vorschläge abzustimmen, um den Entscheidungsträgern e dr Schdatt ›des Volkes Wille‹ kund zu tun. Hier nun das Ergebnis der Abstimmung:

Umfrage "Glockenhäuschen"									http://doodle.com/poll/mu5fgw7iawg2syic
	Gleckerbahn	9-Loch Kurzplatz	Be- und Entkleidungsgeschäft	Spielwaren-Laden	Heilbad	Naturlehrpfad	Glockenhäuschen	Nichts davon	So belassen
Hans-Günther	OK	OK	OK	OK	OK	OK	OK		
Ricarda			OK	OK	OK	OK			
Bertram	OK		OK				OK		
Else Kling	OK	OK			OK	OK			
Anja Ley			OK		OK				
Boris	OK		OK		OK	OK			
Sina		OK	OK	OK					
Schäfer		OK	OK		OK				
Hans-Jürgen	OK		OK	OK					
Eva	OK		OK		OK	OK	OK		
Magolves	OK	OK	OK			OK			
Margit					OK		OK		
Hartmut	OK		OK	OK					
yannick	OK		OK	OK	OK	OK			
Captain Nemo	OK		OK		OK		OK		
Schwunk´s liesche	OK		OK		OK	OK			
Walter Flens	OK			OK			OK		
Anzahl	12	5	14	7	10	8	7	0	0
									1 / 1

Abb. 33: Umfrageergebnis

71

Kein Zweifel kann nach dieser Abstimmung daran bestehen – siehe die letzten beiden Spalten –, dass (a) alle gemachten Vorschläge grundsätzlich positiv aufgenommen worden sind und (b) seitens dr Schdatt unbedingt etwas für das Sportplatzgelände getan werden muss; so wie es jetzt dort aussieht, kann es jedenfalls nicht bleiben.

Kein Zweifel kann aber auch daran bestehen, dass an einem weiteren, der Art nach etwas anderem Glockenhäuschen weder von männlicher noch von weiblicher Seite ein mehrheitliches Interesse besteht; doch haben sich bemerkenswerter Weise immerhin auch drei Teilnehmerinnen für diese Einrichtungsmaßnahme ausgesprochen. Darüber wollen wir freilich nicht weiter spekulieren ...

Zum dritten schließlich ist die Eröffnung eines Be- und Entkleidungsgeschäftes auf dem Sportplatz derjenige Wunsch, der nahezu von allen getragen wird. Das überrascht bei näherem Nachdenken nicht wirklich, sind An- und Ausziehen doch nicht nur meist mit sanfter körperlicher Ertüchtigung wie beispielsweise gewissen Dehnübungen verbunden, sondern der Möglichkeit nach auch mit immer wieder ansprechenden, im schlechtesten Falle lehrreichen (Selbst-)Erfahrungen: derjenigen des gemeinsamen Handelns zu zweit oder in kleineren Gruppen, derjenigen von Spannung und Vorfreude, derjenigen der beglückenden oder auch enttäuschenden Überraschung, derjenigen des ästhetischen Genusses (»Let the sunshine in ...«) oder des geschmacklichen Verdrusses (»Hello darkness my old friend ...«) und so weiter und so fort. Lange Rede, kurzer Sinn:

Was der Siegener städtischen Bevölkerung früher der *Botzebänner* gewesen ist, soll uns Birlenbachern und Birlenbacherinnen künftig jenes von so vielen gewünschte Be- und Entkleidungsgeschäft sein. Das könnte beispielsweise Namen wie *AdoUsdo*, *Orwe bläck & Onne nackich* oder *Vorne dronner & Henne dröwer* tragen, doch wollen wir den

Ereignissen nicht vorausgreifen. Ob sich diesbezüglich rasch ein Investor finden wird, bleibt allerdings abzuwarten und hat sicherlich auch ein entsprechendes Entgegenkommen seitens dr Schdatt zur Voraussetzung. Aber auch die würde ja schließlich profitieren, würde sie auf diese zugleich bürgernahe und elegante Weise doch künftig erhebliche Mittel einsparen können, die derzeit noch in die notdürftige Instandhaltung des Sportplatzes fließen.

DIE »GUTE ALTE ZEIT«: SCHLAGLICHTER UND SCHLAGSCHATTEN I

Begeben wir uns zurück in das Birlenbach der gut drei Jahrzehnte vor jener großen Kulturrevolution, die wir mit den Jahren 1967/68 verbinden. Was wusste man in Birlenbach eigentlich damals so von sich selbst und von der »Welt« da draußen, was hielt man für schicklich und was erregte oder empörte sogar die Gemüter?

Thema »Ich«: Da ist ein Gespräch überliefert, das sich Ende der 1930er Jahre zwischen zwei Herren im besten Mannesalter aus der »Furte« und aus dem Ortsteil »Zünche« zugetragen hat und in dem man auch auf das jeweilige Geburtsjahr zu sprechen kam. »Ech sin Joargang 1889«, legte der aus Meiswinkel stammende Züncher vor. Daraufhin der Dorfgenosse aus der »Furte« mit einem gewissen Stolz: »Da sin ech jo ai Johr äller!« – er war im Jahre 1890 geboren worden.

Thema »Geographie«: Obwohl in beruflichen Dingen eine unumstrittene Autorität, war der der eigenen Rechnung nach ältere aus jenem erwähnten Gespräch auch in anderen Hinsichten nicht ganz sattelfest. Als der Gemeinderat, dem er zeitweilig angehörte, Mitte der 1950er Jahre mit einem Firmen-LKW einen Ausflug ins Münsterland machte, um sich dort eine Musterausstellung für sogenannte »Kriegerdenkmäler« anzuschauen – Birlenbach errichtete dann sein »Ehrenmal« im Jahre 1958 –, fragte er, nachdem man sich mehr als zwei Stunden lang mühselig über Lennestadt und Meschede Richtung Lippstadt durchs Sauerland gequält hatte: »Sin mr alt öwer dr Rin (den Rhein)?

Abb. 34: Orientierungshilfe

Auch für seine Ehefrau gehörte die Geographie nicht zu den ›Spezialdisziplinen‹. Als während des Zweiten Weltkriegs ein Sohn des genannten Zünchers auf Urlaub kam, ergab sich auch ein Gespräch zwischen ihm und ihr. »Wo best du da em Grech?«, fragte sie, und der junge Mann antwortete wahrheitsgemäß »e Russland«. Daraufhin sie: »Do es os Fritzje och, da mosst du en jo geseh ha!« Trotz aller Bemühungen gelang es dem jungen Mann leider nicht, ihr glaubhaft zu machen, dass er den Fritz »e Russland« nicht gesehen hatte.

Thema »Verhalten an Sonn- und Feiertagen«: Um 1950 im Sommer ist eine junge Frau von weit auswärts, sagen wir aus dem Ruhrgebiet, erstmals zum Sonntagsessen bei ihren künftigen Schwiegereltern eingeladen. Selbstverständlich gibt sie sich alle erdenkliche Mühe, einen guten Eindruck zu hinterlassen. Das gelingt ihr auch so lange, bis sie sich nachmittags fatalerweise auf die Bank im Vorgarten setzt und zu stricken anfängt. Skandal, meinen die künftigen Schwiegereltern! Wie kann »osem Herbert sin Mäddche« es bloß wagen, »sonndachs am hellichte Nommedach« in aller Öffentlichkeit zu arbeiten!

75

Thema »Sitte und Moral«: »Bolezei, Bolezei herbi, do helft nur noch de Bolezei!« Und sie, die Polizei, kommt dann auch, 1963 oder 1964 wird das gewesen sein, und die Schüler und Schülerinnen der Volksschule Birlenbach werfen in der Pause neugierige Blicke in Richtung jenes Heuschobers, der damals seitlich der Schule Richtung Hollekuse (Langenholdinghausen) bzw. unterhalb des Friedhofs stand.

Abb. 35: In froher Erwartung

In diesem Heuschober nämlich hatte – man wagt es kaum auszusprechen – ein unverheiratetes Pärchen aus dem Hüttental eine gemeinsame Nacht verbracht, was stets neugierigen (lüsternen?) Blicken freilich nicht entgangen war. Befriedigt (ein komisches Wort in diesem Zusammenhang) konnten diese nun jedenfalls mit ansehen, wie die Beiden abgeführt wurden.

Von einigen jungen Schülerinnen und Schülern wird im Übrigen berichtet, dass sie dann nachmittags hochroten Kopfes in den Heuschober gestiegen sind, um nach --- ja

76

sie wussten selbst nicht, wonach sie eigentlich gesucht haben. Junge Erwachsene hingegen ließen sich diese Vorkommnisse um das junge Pärchen eine Lehre sein, beispielsweise auch dergestalt, dass sie es strikt vermieden, ihre künftige gemeinsame Wohnung ohne Aufsicht zu betreten, obwohl sie schon lange verlobt waren und die Heirat unmittelbar bevorstand.

DIE »GUTE ALTE ZEIT«: SCHLAGLICHTER UND SCHLAGSCHATTEN II

Und weiter geht mit einigen Schlaglichtern und Schlagschatten aus jener Zeit vor über einem halben Jahrhundert, als Birlenbach noch eine selbstständige Gemeinde war – diesmal mit einem Blick auf die Einrichtungen »Schule« und »Kirche«.

»Schule«: Im im November 1962 eingeweihten neuen Schulgebäude am sogenannten Nöchel kam man zunächst mit zwei Lehrkräften und mit zwei Klassenräumen aus, einem Raum für das 1. bis 4. und einem Klassenraum für das 5. bis 8. Schuljahr. Zu den ehrenvollen Aufgaben älterer Schüler gehörte es, den Motorroller des meist mit Fliege auftretenden Schulleiters blitzeblank zu polieren – selbstverständlich während der Unterrichtszeit. Im Kunstunterricht dieses Schulleiters wurden neben Themen aus der Natur bevorzugt religiöse Themen behandelt. Als es eines Tages galt, die Hölle zu malen, guckten all diejenigen betreten in die Röhre, die sich viel Mühe mit Teufelchen, Kohlefeuern, Folterinstrumenten und dergleichen mehr gegeben hatten; ein »sehr gut« bekam nämlich allein jener Schüler, der sein Blatt einfach rabenschwarz eingefärbt hatte.

Da man beiden Lehrkräften nicht unbedingt nachsagen konnte, sportliche Erscheinungen zu sein, verwundert es nicht weiter, dass diese stets darum bemüht waren (so hatte es jedenfalls den Anschein), den Sportunterricht ausfallen zu lassen. Irgendein Fehlverhalten einer Schülerin oder eines Schülers fand sich immer – tatsächlich wurde doch einmal sogar die Zeitschrift »Bravo« mit in die Schule gebracht –, um dann die kollektive Höchststrafe verkünden zu können: »Dafür fällt Sport heute aus.«

Abb. 36: Blick auf den Ortsteil »Altes Dorf« und auf die Schule (2012)

Apropos Sport: ›Sportlich‹ ging es im Fach »Rechnen« der Klasse 1 (1. bis 4. Schuljahr) zu, wurde hier doch gerne das pädagogisch ach so wertvolle »Schwarzer Peter« gespielt. Alle mussten aufstehen, es wurde eine Rechenaufgabe gestellt, und wer diese als Erste(r) löste, durfte sich setzen. Derjenigen bzw. demjenigen, die bzw. der zum Schluss noch stand, wurde mit Ruß aus dem Bollerofen ein kräftiger schwarzer Strich auf die Stirne gezogen. Ob die- bzw. derjenige dann noch die gute Laune hatte, die das morgens zum Unterrichtsbeginn häufig gesungene »Die güldne Sonne, mit Freund und Wonne« verbreitet hatte?

Diese gute Laune dürfte auch derjenigen Mitschülerin vergangen sein, die partout nicht während des Unterrichts auf Toilette gehen durfte und die dann vor allen ›klein‹ in die Hose machte; ihre ältere Schwester musste dann übrigens die Pfütze, die sich auf dem Stuhl gebildet hatte, aufwischen.

»Kirche«: Regelmäßig in die Sonntagsschule zu gehen – lange Zeit in den Gemeindesaal im Haus Blöcher in der

»Furte«, dann ab Sommer 1963 in die neu erbaute Birlen-bacher Kirche – war für nahezu alle Kinder eine angenehme Selbstverständlichkeit.

Abb. 37: »Lasset die Kindlein zu mir kommen«

Ehrenamtliche Helferinnen, für die hier stellvertretend an Magdalene Eckhardt (Eckhardts Lenchen) und Margarete Fick erinnert sei, erzählten dort biblische Geschichten, brachten Lieder bei und bereiteten über viele Wochen den Familienweihnachtsgottesdienst vor, bei dem die Weihnachtsgeschichte vorgetragen wurde, indem der Reihe nach jedes Kind einen oder auch mehrere Sätze auswendig aufsagte. »Bloß nicht vor der prall gefüllten Kirche den Einsatz verpassen, ins Stottern geraten oder gar in eine Schweigestarre verfallen« – dieser Mahnsatz dürfte wohl in vielen kindlichen Köpfen bis zum eigenen Auftritt selbst die fieberhafte Vorfreude auf die bald zu erwartenden Geschenke überlagert haben. Aber wenn dann alles unterm Strich geklappt hatte, Mütter und Omas und Tanten vor Stolz auf ihren Nachwuchs glühten und das

»Oh du fröhliche« angestimmt wurde, dann hielt in vielen Herzen eine ungetrübte Seligkeit Einzug. Schön war's!

Eine solche Vorfreude auf ein Fest und auf Geschenke wäre um ein Haar allerdings jenem jungen Mädchen verdorben worden, das am Down-Syndrom litt und das von daher nicht wie ihre Altersgleichen am zweijährigen Konfirmandenunterricht teilnehmen konnte bzw. durfte. Strikt weigerte sich der damalige Pastor, das Mädchen, das ja weder Lieder noch Bibelstellen noch den Katechismus als Ausweis von »eine Christin sein« auswendig gelernt hatte, im offiziellen Gottesdienst zu konfirmieren. Stattdessen bot er eine Konfirmation zuhause ›in aller Stille‹ an. Diese, wie er es empfand, Mogelpackung lehnte der Vater des Mädchens jedoch ebenso selbstbewusst wie empört ab und richtete seinem Kind ein beglückendes privates Fest aus.

Abb. 38: Konfirmation 1968 in der Talkirche in Klafeld-Geisweid.
In der Bildmitte Pastor Hans-Georg Westphal.
Aus Birlenbach kamen, von links nach rechts: Fritz Theis
(Presbyter), Günter Helmes, Dietrich Moll, Gabriele Steinbrück,
Magdalena Irgel, Manfred Hochhardt, Sibylle Kaiser, Ulrich Bohn,
Angelika Latsch und Wilhelm Dangendorf (Presbyter).

Nicht leicht hatte es auch der 1937 in Hattingen geborene Pastor Hans-Georg Westphal, der die Birlenbacher Gemeinde von 1966 bis 1968 betreute, in einer gesellschaftlich sehr bewegten Zeit also.

Pastor Westphal war ein zarter, äußerst bescheidener, etwas scheu und unsicher wirkender junger Mann, dem es auch schon einmal passieren konnte, beim Abendmahl unter den strengen Blicken der DorfhonoratiorInnen den Wein zu verschütten. Verheiratet war Pastor Westphal mit einer Frau, die mit langem offenem Haar äußerlich eher wie eine dieser aufmüpfigen Studentinnen wirkte und die jedenfalls nicht dem allgemeinen, damals eher auf »Matrone« ausgerichteten Bild einer Pastorengattin entsprach. Wenn Pastor Westphal und seine Frau im Dufflecoat durch Birlenbach, durch Klafeld-Geisweid oder auch durch Siegen radelten – ja, diese beiden waren schon damals umweltbewusst und machten den Motorisierungswahn der Zeit bewusst nicht mit –, dann gab das für das ›Establishment‹ allemal Anlass genug, sich das Maul zu zerreißen. Und es gab natürlich auch einen hervorragenden Vorwand ab, das liberale, herzlich-aufgeschlossene Klima, das Pastor Westphal zu schaffen versuchte, als unangemessen zurückzuweisen und nach einer gestandenen »Autorität« zu rufen. Ist es von ungefähr, dass der Name von Pastor Westphal in *Birlenbach. Eine Siegerländer Ortsgeschichte* (1992) unter der Rubrik »Die Seelsorger der Gemeinde und ihre Amtszeit« nicht auftaucht?

DIE »GUTE ALTE ZEIT«: SCHLAGLICHTER UND SCHLAGSCHATTEN III

Beim letzten Mal haben wir schwerpunktmäßig aus dem Schul- und Kirchenleben der 1950er und 1960er Jahre erzählt. Da gäbe es sicherlich noch an Vieles zu erinnern – beispielsweise an derbe Gewalttätigkeiten von Seiten der LehrerInnen ebenso wie von jenem hartherzigen Kirchenmann, der eingepaukte und auswendig gelernte Glaubenssätze für wichtiger hielt als ein unschuldiges kindliches Gemüt –, doch wollen wir es heute eher mit der Heiterkeit halten und uns an komischen Ereignissen, Reden und dergleichen mehr erfreuen.

Da hatte, um mit dieser Anekdote aus den späten 1960er Jahren zu beginnen, die Großmutter eine ihrer Enkelinnen längere Zeit nicht gesehen, da diese auswärts wohnte. Diese Enkelin nun hatte, wie es das Alter so mit sich bringt, zwischen dem 12. und dem 14. Lebensjahr körperlich einen gewaltigen Sprung gemacht. Als man sich nun anlässlich einer Familienfeier wiedersah, wollte die Großmutter nicht mit dem obligatorischen »Nä Kend, wat besde groas wurn« auf die Nerven gehen, sondern ihrer kurz berockten Enkelin etwas Besonderes und zugleich Nettes sagen. »Nä Kend«, sagte sie freundlich, »wat häst du Schdambesr [dicke Beine] kräje!« Ach, hätte sie es doch bei den üblichen Floskeln belassen ...

Ein Jahrzehnt zuvor hatte sich die fleißige Hausfrau auf den Weg nach Weidenau gemacht, um im Fachgeschäft ein neues Schälmesser zu erstehen. Von einer aus fernen Landesteilen zugezogenen Verkäuferin nach ihrem Wunsch gefragt, antwortete sie wahrheitsgemäß: »Ech bruch a Knippche.« Als die überforderte Verkäuferin daraufhin mit einem verständnislosen »Ein ›Was‹ brauchen Sie?« herausplatzte, wurde unserer Hausfrau klar, dass sie besser vom Dialekt in lupenreines Hochdeutsch wechseln sollte. Und so wiederholte sie: »Ich brauche ein Knipplein.« Es hat dann noch ein bisschen gedauert, bis eine sachdienliche Verständigung zu Stande kam ...

Ebenfalls nach Weidenau, doch bereits in den 1930er Jahren, hatte sich ein Bauer aus dem alten Dorf auf den heiklen Weg gemacht, seiner Tochter zum Geburtstag – vielleicht war es auch zu Weihnachten, man weiß es nicht mehr so genau – einen BH zu erstehen. Im Miederwarengeschäft angekommen, überkam ihn doch ein wenig die Angst vor der eigenen Courage, und auf die Frage hin, was sein Begehr sei, druckste er herum. Dann aber nahm er, hochrot angelaufen bereits, allen Mut zusammen, formte mit seinen Händen zwei Halbkugeln vor seiner Brust und sagte laut vernehmbar: »Ech well en Memmehaler for min Kend«.

Abb. 39: Büstenhalter (um 1900)

84

Wie man sich letztlich über die Körbchengröße verständigt hat, ist nicht überliefert, wohl aber, dass die Tochter wie beabsichtigt beschenkt wurde ...

In den 1930er Jahren im Ortsteil »Zünche« ereignete sich auch jenes Geschehen, das im Unterschied zu den vorherigen Geschehnissen im Wortsinne weite Kreise zog. In einem der hangseitig gelegenen Häuser befand sich die übliche Jauchegrube gut vier Meter oberhalb des Straßenniveaus. Da die Hausherrin stark an der Zuckerkrankheit litt, ging von dieser Jauchegrube ein Gott sei Dank nur auf die nächste Umgebung beschränkter, besonderer ›Duft‹ aus. Jugendliche nun kamen auf die glorreiche Idee, in diese Jauchegrube ein Pfund Hefe zu versenken. Jesses, hätten sie nur genauer gewusst, was daraufhin passierte, sie hätten wohl weniger Hefe genommen oder das Unternehmen gleich ganz sein gelassen! Die Jauche nämlich quoll nur so ununterbrochen aus der Grube heraus, lief über die der Haustür vorgelagerte kleine Terrasse, von dort die Treppe zur Straße hinunter, von dort in ganzer Breite über die Straße in Richtung Ortsmitte. Nie wieder hat sich das »Zünche« allein geruchlich so vorteilhaft von den anderen Ortsteilen abgehoben ...

Im »Zünche« spielt auch jener Streich, der an dem Ehepaar Karl und Johanna Köhler verübt wurde. Johanna Köhler war strenge Lehrerin in Hollekuse (Langenholdinghausen) gewesen, und so kam es, dass man sich an ihr für die eine oder andere Härte ein wenig revanchieren wollte. Zudem gab Karl Köhler durch einige Ungewöhnlichkeiten wie beispielsweise eine Nutria-Zucht Anlass, die auf »Späße machen« gestimmte Aufmerksamkeit junger Dörfler auf sich zu ziehen. Was passierte? Man band einen kleinen Stein an ein langes Stück Seil, führte dieses geschickt durch eine Öse, die man bei Abwesenheit des Ehepaares über deren im ersten Stock gelegenen, zum Wald hin zeigenden Schlafzimmerfenster befestigt hatte, und wartete im Gebüsch versteckt die Nacht ab. Als man davon ausgehen konnte, dass Köhlers schliefen, ließ man den Stein ein Stück weit herab und mehrfach an das Fenster klopfen; dann zog man ihn wieder hoch. Schon stürzte Karl Köhler ans Fenster, doch konnte er in der Dunkelheit nichts ausmachen und ging wieder zu Bett. Fünf Minuten später wiederholte sich dasselbe Spiel, und so noch einige Male mehr. Da packte Karl Köhler die schiere Angst. Er stürzte ins zur Straße hin gelegene Nachbarzimmer, riss dort das Fenster auf, beugte sich im Nachthemd weit aus dem Fenster heraus und rief schallend in die Nacht hinein: »Zur Hilfe, ihr Nachbarn, zur Hilfe, Räuber, Räuber, steht uns bei!«

Kommen wir abschließend unserer Gegenwart wieder ein bisschen näher und erzählen noch etwas, was sich sozusagen ›gestern‹ erst, nämlich vor ca. 45 Jahren ereignet hat. Um 1970 herum wanderte Uwe Hiller, der sich als Jugendtrainer des SV Birlenbach einen Namen gemacht hatte, nach Perth in Australien aus. Zwei/drei Jahre später fragte man seinen leider viel zu früh verstorbenen, hoch talentierten Bruder Uli, wie es denn dem Uwe so in Australien gehe. Spontan und doch gelassen, wie es so seine Art war, gab Uli die folgende denkwürdige Antwort: »Hä schwätzt schoa wie a Känguruh!«

Birlenbacher Schwätte und Taten

Von einer Reihe von Birlenbachern sind gute Schwätte (Aussprüche) und bemerkenswerte Taten überliefert.

Günter Daub, dem das schmucke Haus mit Fachwerk im Giebel gehörte, das sich in der Birlenbacher Straße an der Auffahrt zum Fußballplatz befindet, verstarb Anfang der 1970er Jahre. Gerne gab er, von verschmitztem Pfeifen umrahmt, das folgende Lebensmotto zum Besten: »Ech ha mich de Morje rasiert, alles annere gert mich nix a.«

Gerold Müller, genannt dr Padde, bewohnte das schmale Haus, das in der Kurve Birlenbacher Straße / In der Furth steht. Er verstarb vor einigen Jahren. Man sah Gerold Müller schon einmal im Cowboy-Look durch Birlenbach reiten oder seine Respekt einflößenden Doggen durchs Dorf führen. In den 1970er Jahren suchte er gerne in Langenholdinghausen die Gaststätte im Haus von Kläs' Mannes (später »Der Korken«) auf. Als ihn dort einmal ein junger Birlenbacher um eine Zigarette bat, ging er an den Nachbartisch, an dem fremde Leute saßen, riss dort eine 20er Packung Zigaretten auf, kippte die Zigaretten auf den Tisch und sagte großzügig: »Bedehn dech!«

Eduard Sacher wohnte im ehemaligen Haus Klappert in der oberen Birlenbacher Straße. Er, der in den späten 1980er Jahren hoch betagt verstarb, hatte oberhalb des Fußballplatzes ein Areal angemietet, auf dem er unter anderem Kaninchen und Schafe hielt. Dieses Areal wurde allgemein »Die Alm« genannt. Bewirtschaftet wurde die »Alm« mithilfe eines Goggomobil Coupés, in dem Eduard Sacher kistenweise vergammeltes Obst aus umliegenden Lebensmittelgeschäften – und ab und zu selbstverständlich auch einmal ein Schaf transportierte. In den Sommermonaten spannte Onkel Eduard, wie er allgemein genannt wurde, sogar prall gefüllte Heutücher auf seinen ›Sportwagen‹.

Abb. 40: Ein Goggomobil Coupé.

Das führte dazu, dass dieses Gefährt sogar als Kuriosität in der bekannten Zeitschrift *Auto, Motor, Sport* abgebildet wurde. Als auf der »Alm« einmal eingebrochen worden war, brachte der glaubensstarke und menschenfreundliche Mann das folgende Schild am Eingangstor an: »Bitte nicht einbrechen. Sonst kommt die Polizei!«

Gertrud Heinbach († 1984), die bis in die späten 1970er Jahre ein Lebensmittelgeschäft im Anbau des ehemaligen Hauses Heinbach in der Kurve Birlenbacher Straße / Am Zäunchen betrieb, blieb ihr Leben lang unverheiratet. Über Männer wusste sie dennoch Bescheid: »En rechdicher Ma drenkt zwo Fläsche Bier am Dach.«

88

Abbildungsverzeichnis

Abb. 1: Ahnengalerie. Quelle: *Os Dorfbläddche*, 2/2012, S. 24.

Abb. 2: Das Kameruner Glockenhäuschen. © Anja Ley.

Abb. 3: Das Birlenbacher Glockenhäuschen. © Gundolf Bohn.

Abb. 4: Bürgermeister Wilhelm Helmes begutachtet den Fortgang der Arbeiten am neuen Sportplatz. Fotograf: Heinz Stötzel. Privatbesitz von Günter Helmes.

Abb. 5: Die erste Fußballmannschaft des SV Birlenbach. Fotograf unbekannt. Privatbesitz von Günter Helmes.

Abb. 6: *Siegener Zeitung* vom 22. August 1966. Zeitungsausschnitt. Privatbesitz von Günter Helmes.

Abb. 7: Birlenbachs Hauptgewinn. © Gernot von Blödelfels.

Abb. 8: Hochzeitsfeierlichkeiten. © Gernot von Blödelfels.

Abb. 9: Wachwechsel in Kopenhagen. © Günter Helmes.

Abb. 10: Dorffest im Landesinneren Guatemalas. Quelle: https://pxhere.com/de/photo/1446477.

Abb. 11: Die Landesflagge Guatemalas. Quelle: Wikipedia, Eintrag »Guatemala«. Das Foto ist gemeinfrei.

Abb. 12: Pieter Bruegel d. Ä.: »Die Kinderspiele« (um 1560). Quelle: https://de.wikipedia.org/wiki/Pieter_Bruegel_der_Ältere#/media/Datei:Pieter_Bruegel_d._Ä._041b.jpg. Das Foto ist gemeinfrei.

Abb. 13: Er kriegt ihn! Quelle: http://www.oepb.at/wien/kinder-wie-die-zeit-vergeht.html.

Abb. 14: Nach dem Rennen. © Marianne Waldschmidt.

Abb. 15: Gleich kann es losgehen! Quelle: https://pixabay.com/de/photos/ostern-eier-farbe-eier-frühling-707700/

Abb. 16: Noch ist er in Freiheit. Quelle: https://pixabay.com/de/photos/maikäfer-insekt-nahaufnahme-4166923/.

Abb. 17: Geschafft! Quelle: https://blog.doitgarden.ch/de/holunderfloete/.

Abb. 18: Wehe, du wirst getroffen. Quelle: https://pixabay.com/de/photos/kuhfladen-fladen-dung-mist-kuhmist-2799656/.

Abb. 19: Winnetou (Pierre Brice) und Old Shatterhand (Lex Baker). Still: Winnetou-erster_teil.jpg. Wikipedia, GNU Free Documentation License 1.2.

Abb. 20: Für uns war es Spielzeug. Foto: Phrontis. Wikipedia-Lizenz CC BY-SA 3.0.

Abb. 21: Augsburger Puppenkiste. Facebook/Augsburger Puppenkiste.

Abb. 22: Doktorspiele. https://www.lachschon.de/tags/Doktorspiele/.

Abb. 23: »Der Bahnhof von Berwick-upon-Tweed«: Still aus dem Woody Allen-Film *Love and death* (*Die letzte Nacht des Boris Gruschenko*; 1975).

Abb. 24: Die Gebrüder Bomes. © Eva Bohn.

Abb. 25: Eine Birnane. © Julia Ricart Brede.

Abb. 26: Siegerländer Hippe. © Anja Ley.

Abb. 27: Stangenmacherinnen. Fotograf unbekannt. Quelle: Werner Herling: *Birlenbach. Eine Siegerländer Ortsgeschichte*. Siegen 1992, S. 235.

Abb. 28: Gemeinderat. Fotograf unbekannt. Quelle: Werner Herling: *Birlenbach. Eine Siegerländer Ortsgeschichte*. Siegen 1992, S. 277.

Abb. 29: Konrad Adenauer (1952). Bundesarchiv, B 145 Bild-F078072-0004. Foto: Katherine Young, New York. Wikipedia-Lizenz CC BY-SA 3.0 DE.

Abb. 30: Johannes Rau (2004). Foto: Johannes Liebmann: Wikipedia-Lizenz CC BY-SA 3.0.

Abb. 31: Willi Weyer (1981). Bundesarchiv, B 145 Bild-F060665-0013. Auszug aus einem Foto von Harald Hoffmann. Wikipedia-Lizenz CC BY-SA 3.0.

Abb. 32: »Ehrenmal« (Detailansicht). © Günter Helmes.

Abb. 33: Umfrageergebnis: http://doodle.com/poll/mu5f-gw7iawg2syic. © Gernot von Blödelfels.

Abb. 34: Orientierungshilfe. Quelle: http://www.schul-atlas.com/2014/menue/stummekarte/eu/EUR_0.pdf.

Abb. 35: In froher Erwartung. Quelle: https://pixabay.com/de/photos/gazelle-jung-liebe-bauernhof-heu-3889294/.

Abb. 36: Blick auf den Ortsteil »Altes Dorf« und auf die Schule. Foto: Losdedos. Wikipedia-Lizenz CC BY-SA 3.0.

Abb. 37: »Lasset die Kindlein zu mir kommen«. Quelle: https://plzp.beepworld.de/sonntagsschule.htm.

Abb. 38: Konfirmation 1968 in der Talkirche in Klafeld-Geisweid. Fotograf unbekannt. Aus dem Privatbesitz von Günter Helmes.

Abb. 39: Büstenhalter (um 1900). Quelle: http://fr.wiki-source.org/wiki/Le_corset%3B_%C3%A9tude_physiolo-gique_et_pratique_1900.

Abb. 40: Goggomobil Coupé. Foto von Lothar Spurzem. Wikipedia-Lizenz CC BY-SA-2.0-DE.